U0062605

美的历程

The Path of Beauty

李泽厚

著

岳麓書社·长沙　博集天卷
CS-BOOKY

中国还很少专门的艺术博物馆。你去过北京天安门前的中国历史博物馆[1]吗？如果你对那些史实并不十分熟悉，那么，做一次美的巡礼又如何呢？那人面含鱼的彩陶盆，那古色斑斓的青铜器，那琳琅满目的汉代工艺品，那秀骨清像的北朝雕塑，那笔走龙蛇的晋唐书法，那道不尽说不完的宋元山水画，还有那些著名的诗人作家屈原、陶潜、李白、杜甫、曹雪芹……的想象画像，它们展示的不正是可以使你直接感触到的这个文明古国的心灵历史吗？时代精神的火花在这里凝冻、积淀下来，传留和感染着人们的思想、情感、观念、意绪，经常使人一唱三叹，流连不已。我们在这里所要匆匆迈步走过的，便是这样一个美的历程。

那么，从哪里起头呢？

得从遥远得记不清岁月的时代开始。

---

1. 现已与中国革命博物馆合并为中国国家博物馆。——编者注

目录

远古图腾

原始歌舞

"有意味的形式"

一

龙飞凤舞

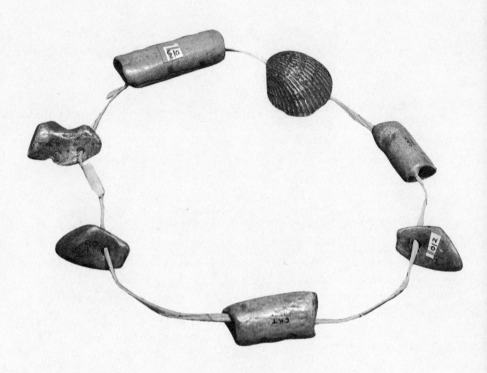

| 山顶洞人饰品，旧石器时代，周口店北京人遗址博物馆

（一）远古图腾

　　中国史前文化比过去所知有远为长久和灿烂的历史。七十年代浙江河姆渡，河北磁山 [1]，河南新郑 [2]、密县 [3] 等新石器时代遗址的陆续发现，不断证实这一点。将近八千年前，中国文明已初露曙光。

　　上溯到旧石器时代，从南方的元谋人到北方的蓝田人、北京人、山顶洞人，虽然像欧洲洞穴壁画那样的艺术尚待发现，但从石器工具的进步上可以看出对形体性状的初步感受。北京人的石器似尚无定形，丁村人的则略有规范，如尖状、球状、橄榄形等等。到山顶洞人，不但石器已很均匀、规整，而且还有磨制光滑、钻孔、刻纹的骨器和许多所谓"装饰品"："装饰品中有钻孔的小砾石、钻孔的石珠、穿孔的狐或獾与鹿的犬齿、刻沟的骨管、穿孔的海蚶壳和钻孔的青鱼眼上骨等。所有的装饰品都相当精致，小砾石的装饰品是用微绿色的火成岩从两面对钻而成的，选择的砾石很周正，颇像现代妇女胸前佩戴的鸡心；小石珠是用白色小石灰岩块磨成的，中间钻有小孔；穿孔的牙

1.《河北磁山新石器遗址试掘》，《考古》1977 年第 6 期。

2.《河南新郑裴李岗新石器时代遗址》，《考古》1978 年第 2 期。"就三个数据的情况来说，裴李岗遗址的年代，大致做 7500 年的估计，恐怕是比较可靠的。"（李友谋、陈旭：《试论裴李岗文化》，《考古》1979 年第 4 期）磁山稍晚于裴李岗，而远在仰韶文化前，"仰韶文化最早期的年代大约是 6000 年"（同上）。

3.《河南密县莪沟北岗新石器时代遗址发掘简报》，《文物》1979 年第 5 期。（密县，今为河南新密市。——编者注）

齿是由齿根的两侧对挖穿通齿腔而成。所有装饰品的穿孔，几乎都发红色，好像是它们的穿带都用赤铁矿染过。"[1]这表明对形体的光滑规整、对色彩的鲜明突出、对事物的同一性（同样大小或同类物件串在一起）……有了最早的朦胧理解、爱好和运用。但要注意的是，对使用工具的合规律性的形体感受和在所谓"装饰品"上的自觉加工，两者不但有着漫长的时间距离（数十万年），而且在性质上也是根本不同的。虽然二者都有其实用功利的内容，但前者的内容是现实的，后者则是幻想（想象）的；劳动工具和劳动过程中的合规律性的形式要求（节律、均匀、光滑等）和主体感受，是物质生产的产物；"装饰"则是精神生产、意识形态的产物。尽管两者似乎都是"自然的人化"和"人的对象化"，但前者是将人作为超生物存在的社会生活外化和凝冻在物质生产工具上，是真正的物化活动；后者则是将人的观念和幻想外化和凝冻在这些所谓"装饰品"的物质对象上，它们只是物态化的活动。前者是现实的"人的对象化"和"自然的人化"，后者是想象中的这种"人化"和"对象化"。前者与种族的繁殖（人身的扩大再生产）一道构成原始人类的基础，后者则是包括宗教、艺术、哲学等胚胎在内的上层建筑。当山顶洞人在尸体旁撒上矿物质的红粉，当他们做出上述种种"装饰品"，这种原始的物态化的活动便正是人类社会意识形态和上层建筑的开始。它的成熟形态便是原始社会的巫术礼仪，亦即远古图腾活动。

"在野蛮期的低级阶段，人类的高级属性开始发展起来。……想象，这一作用于人类发展如此之大的功能，开始于此时产生神话、传奇和传说等未记载的文学，而业已给予人类以强有力的影响。"[2]追溯

1.贾兰坡：《"北京人"的故居》，北京出版社，1958，第41页。
2.马克思：《摩尔根〈古代社会〉一书摘要》，中国科学院历史研究所翻译组译，人民出版社，1965，第54—55页。

到山顶洞人"穿带都用赤铁矿染过"、尸体旁撒红粉，"红"色对于他们就已不只是生理感受的刺激作用（这是动物也可以有的），而是包含着或提供着某种观念含义（这是动物所不能有的）。原始人群之所以染红穿带、撒抹红粉，已不是对鲜明夺目的红颜色的动物性的生理反应，而开始有其社会性的巫术礼仪的符号意义在。也就是说，红色本身在想象中被赋予了人类（社会）所独有的符号象征的观念含义；从而，它（红色）诉诸当时原始人群的便不只是感官愉快，而且其中参与了、储存了特定的观念意义了。在对象一方，自然形式（红的色彩）里已经积淀了社会内容；在主体一方，官能感受（对红色的感觉愉快）中已经积淀了观念性的想象、理解。这样，区别于工具制造和劳动过程，原始人类的意识形态活动，亦即包含着宗教、艺术、审美等等在内的原始巫术礼仪[1]就算真正开始了。所以，如同欧洲洞穴壁画作为原始的审美 – 艺术，本只是巫术礼仪的表现形态，不可能离开它们独立存在一样，山顶洞人的所谓"装饰"和运用红色，也并非为审美而制作。审美或艺术这时并未独立或分化，它们只是潜藏在这种种原始巫术礼仪等图腾活动之中。

遥远的图腾活动和巫术礼仪，早已沉埋在不可复现的年代之中。它们具体的形态、内容和形式究竟如何，已很难确定。"此情可待成追忆，只是当时已惘然。"也许，只有流传下来却屡经后世歪曲增删的远古"神话、传奇和传说"，这种部分反映或代表原始人们的想象和符号观念的"不经之谈"，能帮助我们去约略推想远古巫术礼仪和图腾活动的面目。

在中国的神话传说序列中，在燧人氏钻木取火（也许能代表用火

---

1. 关于巫术（magic 或译"魔法"）与宗教的异同，关于巫术、神话（myth）、礼仪（rite）、图腾（totem）之间的相互关系、先后次序、能否等同诸问题，本书均暂不讨论。

的北京人时代吧?)之后的,便是流传最广、材料最多也最出名的女娲伏羲的"传奇"了:

娲,古之神圣女,化万物者也。(《说文》)

往古之时,四极废,九州裂,天不兼覆,地不周载,……女娲炼五色石以补苍天,断鳌足以立四极。(《淮南鸿烈·览冥训》)

俗说天地开辟,未有人民,女娲抟黄土作人。(《太平御览》卷七十八引《风俗通》)

女娲祷祠神祈而为女媒,因置昏姻。(《绎史》引《风俗通》)

宓羲氏之世,天下多兽,故教民以猎。(《尸子·君治》)

古者包牺氏之王天下也,……近取诸身,远取诸物,于是始作八卦,以通神明之德,以类万物之情。作结绳而为罔罟,以佃以渔。(《周易·系辞下》)

伏者,别也,变也;戏者,献也,法也;伏羲始别八卦,以变化天下,天下法则,咸伏贡献,故曰伏羲也。(《风俗通义·三皇》)

| 广西花山岩画,巫术文化遗迹,战国至东汉

从"黄土作人"到"正婚姻"（开始氏族外婚制？），从"以佃以渔"到"作八卦"（巫术礼仪的抽象符号化？），这个有着近百万年时间差距的人类原始历史，都集中地凝聚和停留在女娲伏羲两位身上（他们在古文献中经常同时而重叠）。[1] 这也许意味着，他们两位可以代表最早期的中国远古文化？

那么，"女娲""伏羲"到底是怎么样的人物呢？他们作为远古中华文化的代表，究竟是什么东西呢？如果剥去后世层层人间化了的面纱，在真正远古人们的观念中，他们却是巨大的龙蛇。即使在后世流传的文献中也仍可看到这种遗迹：

> 女娲，古神女而帝者，人面蛇身，一日中七十变。（《山海经·大荒西经》，郭璞注）
> 燧人之世，……生庖牺……蛇身人首。（《帝王世纪》）
> 女娲氏，……承庖牺制度。亦蛇身人首。（同上）

值得注意的是，中国远古传说中的"神""神人"或"英雄"，大抵都是"人首蛇身"。女娲伏羲是这样，《山海经》和其他典籍中的好些神人（如"共工""共工之臣"等等）也这样。包括出现很晚的所谓"开天辟地"的"盘古"，也依然沿袭这种"人首蛇身"说。《山海经》中虽然还有好些"人首马身""豕身人面""鸟身人面"，

---

1. 如（庖牺）"始嫁娶以修人道"（《拾遗记》）；"伏羲制以俪皮嫁娶之礼"（《世本》）。所谓伏羲、女娲兄妹为婚，可能反映的血族群婚制，也可能是阴（黑夜）阳（白天）观念的神话阶段，也可能是列维－斯特劳斯（Levi-Strauss）讲的所谓同胞双子的神话，而所谓"正婚姻""置姓氏"，则可能反映开始了族外婚制，有了氏族的社会组织。

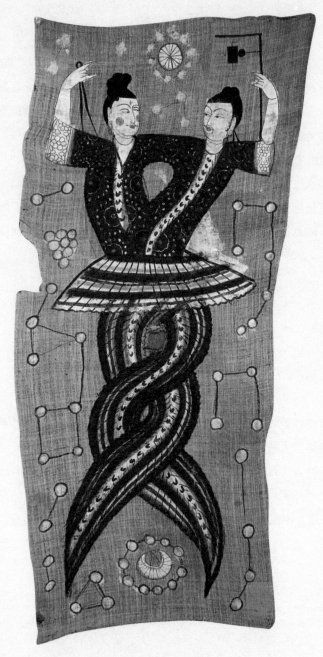

|伏羲女娲图，唐，新疆维吾尔自治区博物馆

但更突出的，仍是这个"人首蛇身"。例如：

> 凡《北山经》之首，自单狐之山至于堤山，凡二十五山，五千四百九十里。其神皆人面蛇身。（《山海经·北山经》）
> 凡《北次二经》之首，自管涔之山至于敦题之山，凡十七山，五千六百九十里。其神皆蛇身人面。（同上）
> 凡首阳山之首，自首山至于丙山，凡九山，二百六十七里。其神状皆龙身而人面。（《山海经·中山经》）[1]

这里所谓"其神皆人面蛇身"，实即指这些众多的远古氏族的图腾、符号和标志。《竹书纪年》也说，属于伏羲氏系统的有所谓长龙氏、潜龙氏、居龙氏、降龙氏、上龙氏、水龙氏、青龙氏、赤龙氏、白龙氏等等。总之，与上述《山海经》相当符合，都是一大群龙蛇。

此外，《山海经》里还有"烛龙""烛阴"的怪异形象：

---

1. 闻一多《伏羲考》中"将《山海经》里所见的人面蛇身或龙身的神，列一总表于下"（厚按：可注意的是，人面蛇身〔或龙身〕在北、西、南均甚多，唯东较少）：

中	《中山经》（次十）		首山至丙山诸神	皆龙身人面
南	《南山经》（次三）		天虞之山至南禺之山诸神	皆龙身而人面
	《海内经》（南方）		延维	人首蛇身
西	《西山经》（次三）		鼓	人面龙身
	《海外西经》		轩辕	人面蛇身尾交首上
北	《北山经》	（首）	单狐之山至堤山诸神	皆人面蛇身
		（次二）	管涔之山至敦题之山诸神	皆蛇身人面
	《海外北经》又《大荒北经》		烛龙（烛阴）	人面蛇身赤色
			相柳（相繇）	九首人面蛇身自环色青
	《海内北经》		贰负	人面蛇身
东	《海内东经》		雷神	龙身而人头

| 马王堆一号汉墓 T 形帛画（局部），西汉，湖南博物院
帛画顶端正中人首蛇身的神，有学者认为是烛龙

　　西北海之外，赤水之北，有章尾山。有神，人面蛇身而赤，……
是谓烛龙。（《山海经·大荒北经》）

　　钟山之神，名曰烛阴，视为昼，瞑为夜，吹为冬，呼为夏，不饮，
不食，不息，息为风，身长千里。……其为物，人面，蛇身，赤色。（《山
海经·海外北经》）

　　这里保留着更完整的关于龙蛇的原始状态的观念和想象。章学诚
说《易》时，曾提出"人心营构之象"，这条巨大龙蛇也许就是我们
的原始祖先们最早的"人心营构之象"吧。从"烛龙"到"女娲"，
这条"人面蛇身"的巨大爬虫，也许就是经时久远悠长、笼罩中国大
地上许多氏族、部落和部族联盟的一个共同的观念体系的代表标志吧？

　　闻一多曾指出，作为中国民族象征的"龙"的形象，是蛇加上各
种动物而形成的。它以蛇身为主体，"接受了兽类的四脚，马的头，

鬣的尾，鹿的角，狗的爪，鱼的鳞和须"（《伏羲考》）。这可能意味着以蛇图腾为主的远古华夏氏族、部落[1]不断战胜、融合其他氏族部落，即蛇图腾不断合并其他图腾逐渐演变而为"龙"。从烛阴、女娲的神怪传说，到甲骨金文中的有角的龙蛇字样[2]；从青铜器上的各式夔龙再到《周易》中的"飞龙在天"（天上）、"或饮于渊"（水中）、"见龙在田"（地面），一直到汉代艺术（如马王堆帛画和画像石）中的人首蛇身诸形象，这个可能产生在远古渔猎时期却居然延续保存到文明年代，具有如此强大的生命力量，长久吸引人们去崇拜、去幻想的神怪形象和神奇传说，始终是那样变化莫测，气象万千，它不正好可以作为我们远古祖先的艺术代表？

神话传说毕竟根据的是后世文献资料。那么，新石器时代文化遗址中发现的那个人首蛇身的陶器器盖，也许就是这条已经历时长久的神异龙蛇最早的造型表现？

你看，它还是粗陋的，爬行的，贴在地面的原始形态。它还飞不起来，既没有角，也没有脚。也许，只有它的"人首"能预示着它终将有着腾空而起翩然飞舞的不平凡的一天？预示着它终将作为中国西部、北部、南部许多氏族、部落和部落联盟一个主要的图腾旗帜而高高举起、迎风飘扬？

…………

与龙蛇同时或稍后，凤鸟则成为中国东方集团的另一图腾符号。从帝俊（帝喾）到舜，从少昊、后羿、蚩尤到商契，尽管后世的说法

1.《太平御览》卷九百二十九引《归藏》："昔夏后启土乘龙飞以登于天翠。"《山海经·大荒西经》："……乘两龙，名曰夏后开。"《山海经·海内经》郭璞注："开筮曰：'鲧死……化为黄龙也。'"《帝王世纪》："夏后氏，姒姓也。……是为修己。"姒、己，均蛇也。看来，夏部族或部族联盟很可能与蛇－龙图腾传统有关。
2."最早的龙就是有角的蛇，以角来表示其神异性，甲骨文金文所见的龙字都是如此。"（刘敦愿：《马王堆西汉帛画中的若干神话问题》，《文史哲》1978年第4期）

|人首蛇身陶盖，新石器时代马家窑文化半山类型，瑞典斯德哥尔摩远东古物博物馆

|彩绘龙纹陶盘，新石器时代龙山文化陶寺类型，中国考古博物馆

|碧玉C形龙，新石器时代红山文化，中国国家博物馆

|凸堆龙纹红陶罐，新石器时代齐家文化，甘肃省博物馆

有许多歧异，凤的具体形象也传说不一，但这个鸟图腾是东方集团所顶礼崇拜的对象却仍可肯定。关于鸟图腾的文献材料，更为丰富而确定。如：

> 凤，神鸟也。天老曰：凤之象也，鸿前麟后，蛇颈鱼尾，鹳颡鸳思，龙文虎背，燕颔鸡喙，五色备举。出于东方君子之国。（《说文》）
>
> 天命玄鸟，降而生商。（《诗经·商颂》）
>
> 大荒之中，……有神，九首人面鸟身，名曰九凤。（《山海经·大荒北经》）
>
> 有五彩之鸟，……惟帝俊下友。帝下两坛，彩鸟是司。（《山海经·大荒东经》）

与"蛇身人面"一样，"人面鸟身""五彩之鸟""鸾鸟自歌，凤鸟自舞"，在《山海经》中亦多见。郭沫若指出："玄鸟就是凤凰。""'五彩之鸟'大约就是卜辞中的凤。"[1]正如"龙"是蛇的夸张、增补和神化一样，"凤"也是这种鸟的神化形态。它们不是现实的对象，而是幻想的对象、观念的产物和巫术礼仪的图腾。与前述各种龙氏族一样，也有各种鸟氏族（所谓"鸟名官"）："……少暤挚之立也，凤鸟适至，故纪于鸟，为鸟师而鸟名：凤鸟氏，历正也；玄鸟氏，司分者也；伯赵氏，司至者也；青鸟氏，司启者也；丹鸟氏，司闭者也。祝鸠氏，司徒也；雎鸠氏，司马也；鸤鸠氏，司空也；爽鸠氏，司寇也；鹘鸠氏（均鸟名），司事也。"（《左传·昭公十七年》）以"龙""凤"为主要图腾标记的东西两大部族联盟，经历了长时期的残酷的战争、掠夺和屠杀，逐渐融合统一。所谓"人面鸟身，……践两赤蛇"（《山

1.郭沫若：《青铜时代·先秦天道观之进展》。

海经》中多见），所谓"庖牺氏，风姓也"，可能即反映着这种斗争和融合？从各种历史文献、地下器物和后人研究成果来看，这种斗争融合大概是以西（炎黄集团）胜东（夷人集团）而告结束。也许，"蛇"被添上了翅膀飞了起来，成为"龙"，"凤"则大体无所改变，就是这个缘故？也许，由于"凤"所包含代表的氏族部落大而多得为"龙"所吃不掉，所以它虽从属于"龙"，却仍保持自己相对独立的性质和地位，从而它的图腾也就被独立地保存和延续下来？直到殷商及以后，直到战国楚帛画中，仍有在"凤"的神圣图像下祈祷着的生灵。

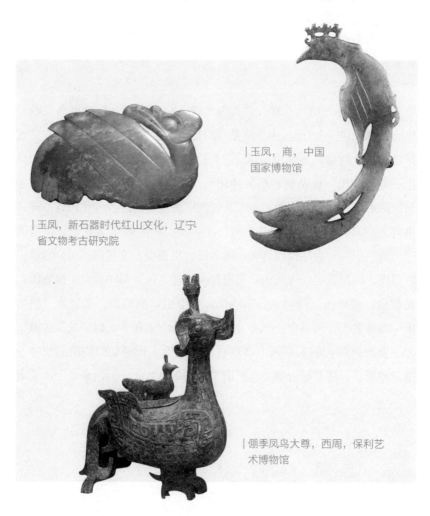

|玉凤，商，中国国家博物馆

|玉凤，新石器时代红山文化，辽宁省文物考古研究院

|倗季凤鸟大尊，西周，保利艺术博物馆

| 人物龙凤帛画，战国，湖南博物院

龙飞凤舞——也许这就是文明时代来临之前，从旧石器渔猎阶段通过新石器时代的农耕阶段，从母系社会通过父系家长制，直到夏商早期奴隶制门槛前，在中国大地上高高飞扬着的史前期的两面光辉的、具有悠久历史传统的图腾旗帜？

　　它们是原始艺术－审美吗？是，又不是。它们只是山顶洞人撒红粉活动（原始巫术礼仪）的延续、发展和进一步符号图像化。它们只是观念意识物态化活动的符号和标记。但是凝冻在、聚集在这种种图像符号形式里的社会意识，亦即原始人们那如醉如狂的情感、观念和心理，恰恰使这种图像形式获有了超模拟的内涵和意义，使原始人们对它的感受取得了超感觉的性能和价值，也就是自然形式里积淀了社会的价值和内容，感性自然中积淀了人的理性性质，并且在客观形象和主观感受两个方面，都如此。这不是别的，又正是审美意识和艺术创作的萌芽。

（二）原始歌舞

这种原始的审美意识和艺术创作并不是观照或静观，不像后世美学家论美之本性所认为的那样。相反，它们是一种狂烈的活动过程。之所以说"龙飞凤舞"，正因为它们作为图腾所标记、所代表的，是一种狂热的巫术礼仪活动。后世的歌、舞、剧、画、神话、咒语……在远古是完全糅合在这个未分化的巫术礼仪活动的混沌统一体之中的，如火如荼，如醉如狂，虔诚而蛮野，热烈而谨严。你不能藐视那已成陈迹的、僵硬了的图像轮廓，你不要以为那只是荒诞不经的神话故事，你不要小看那似乎非常冷静的阴阳八卦[1]……想当年，它们都是火一般炽热虔信的巫术礼仪的组成部分或符号标记。它们是具有神力魔法的舞蹈、歌唱、咒语[2]的凝冻化了的代表。它们浓缩着、积淀着原始人们强烈的情感、思想、信仰和期望。

古代文献中也保存了有关这种原始歌舞的一些史料，如：

> 击石拊石，百兽率舞。（《尚书·益稷》）

---

1. "夫《易》开物成务，……象天法地，'是兴神物，以前民用'。其教盖出政教典章之先矣。……同为一代之法宪；而非圣人一己之心思"（章学诚：《文史通义·易教上》），这最早指出了《易经》"以象为教"、在"典章之先"的非个人创作的远古原始礼仪性质，是后世"礼"的张本，"学《易》者，所以学周礼也"（同上）。
2. 如"所欲逐之者，令曰：'神北行！'先除水道，决通沟渎"（《山海经·大荒北经》）；"土反其宅，水归其壑，昆虫毋作，草木归其泽"（《礼记·郊特牲》）。

|伏羲八卦方位图

|女神头像，新石器时代红山文化，
辽宁省文物考古研究院

若国大旱，则帅巫而舞雩。（《周礼·春官·司巫》）

帝俊有子八人，是始为歌舞。（《山海经·海内经》）

昔葛天氏之乐，三人操牛尾，投足以歌八阕。（《吕氏春秋·古乐》）

伏羲作琴。伏羲作琴瑟。……神农作琴。……神农作瑟。……女娲作笙簧。（《世本》）

后世叙述古代的史料也认为：

夫乐之在耳者曰声，在目者曰容。声应乎耳，可以听知；容藏于心，难以貌观。故圣人假干戚羽旄以表其容，发扬蹈厉以见其意，声容选和，则大乐备矣。……此舞之所由起也。（杜佑：《通典》卷一百四十五）

《乐记》中，"乐"和舞也是连在一起的，所谓"舞行缀短""舞行缀远"，所谓"不知手之舞之，足之蹈之"，等等。这些和所谓"干戚羽旄""发扬蹈厉"，不就正是图腾舞蹈吗？不正是插着羽毛戴着假面的原始歌舞吗？

王国维说："《楚辞》之灵，殆以巫而兼尸之用者也。其词谓巫曰灵，……盖群巫之中，必有象神之衣服形貌动作者，而视为神之所冯依：故谓之曰灵。""灵之为职，……盖后世戏剧之萌芽，已有存焉者矣。"[1]远古图腾歌舞作为巫术礼仪，[2]是有观念内容和情节意义的，而这情节意义就是戏剧和文学的先驱。古代所以把礼乐同列并举，而且把它们直接和政治兴衰联结起来，也反映原始歌舞（乐）和巫术礼仪（礼）在远古是二而一的东西，它们与其氏族、部落的兴衰命运直接相关而不可分割。上述那些材料把歌、舞和所谓乐器制作追溯和归诸远古神异的"圣王"祖先，也证明这些东西确乎来源久远，是同一个原始图腾活动：身体的跳动（舞）、口中念念有词或狂呼高喊（歌、诗、咒语）、各种敲打齐鸣共奏（乐），本来就在一起。"诗，言其志也；歌，咏其声也；舞，动其容也。三者本于心，然后乐气从之。"（《乐记·乐象》）这虽是后代的记述，却仍不掩其混沌一体的原始面目。它们是原始人们特有的区别于物质生产的精神生产即物态化活动，它们既是巫术礼仪，又是原始歌舞。到后世，两者才逐渐分化，前者成为"礼"——政刑典章，后者便是"乐"——文学艺术。

图腾歌舞分化为诗、歌、舞、乐和神话传说，各自取得了独立的性格和不同的发展道路。继神人同一的龙凤图腾之后的，便是以父家长制为社会基础的英雄崇拜和祖先崇拜。例如，著名的商、周祖先——

1.《宋元戏曲史》。
2.《周易·系辞上》："极天下之赜者存乎卦；鼓天下之动者存乎辞。""鼓之舞之以尽神。"《横渠易说》解释："无心若风狂然，主于动而已。故以好歌舞为巫风，……以至于鼓舞之极也，故曰尽神。"武王伐纣的所谓"前歌后舞"正是一种起威吓作用的远古图腾巫术舞蹈的遗迹。参看汪宁生：《释"武王伐纣前歌后舞"》，《历史研究》1981年第4期。

契与稷的怀孕、养育诸故事，都是要说明作为本氏族祖先的英雄人物具有不平凡的神异诞生和巨大历史使命。[1] 驯象的舜、射日的羿、治水的鲧和禹，则直接显示这些巨人英雄的赫赫战功或业绩。从烛龙、女娲到黄帝、蚩尤到后羿、尧舜，图腾神话由混沌世界进入了英雄时代。作为巫术礼仪的意义内核的原始神话不断人间化和理性化，那种种含混多义不可能做合理解释的原始因素日渐削弱或减少，巫术礼仪、原始图腾逐渐让位于政治和历史。这个过程的彻底完成，要到春秋战国之际。在这之前，原始歌舞的图腾活动仍然是笼罩着整个社会意识形态的巨大身影。

也许，1973年发现的新石器时代彩陶盆纹饰中的舞蹈图案，便是这种原始歌舞最早的身影写照？"五人一组，手拉手，面向一致，头侧各有一斜道，似为发辫，……每组外侧两人的一臂画为两道，似反映空着的两臂舞蹈动作较大而频繁之意。人下体三道，接地面的两竖道，为两腿无疑，而下腹体侧的一道，似为饰物。"[2] 你看他们那活跃、鲜明的舞蹈姿态，那么轻盈齐整，协调一致，生意盎然，稚气可掬……它们大概属于比较和平安定的传说时代，即母系社会繁荣期的产品吧？[3] 但把这图像说成是"先民们劳动之暇，在大树下、小湖边或草地上，正在欢乐地手拉手集体跳舞和唱歌"（同上引文），便似乎太单纯了。它们仍然是图腾活动的表现，具有严重的巫术作用或祈祷功能。所谓头戴发辫似的饰物，下体戴有尾巴似的饰物，不就是"操牛尾"和"干戚羽旄"之类；"手拉着手"地跳舞不也就是"发扬蹈厉"吗？因之，这陶器上的图像恰好以生动的写实，印证了上述文献资料讲到的原始

---

1. 参看《诗经》中的《玄鸟》《生民》以及《史记》中的《殷本纪》《周本纪》等。
2.《青海大通县上孙家寨出土的舞蹈纹彩陶盆》，《文物》1978年第3期。
3. "传说神农氏时代，是和平发展的时代，而传说黄帝尧舜时代则是在战争中诞生的。"（苏秉琦：《关于仰韶文化的若干问题》，《考古学报》1965年第1期）仰韶文化属于神农氏传说时代抑黄帝 – 尧舜时代，尚有不同看法。

歌舞。这图像是写实的，又是寓意的。你看那规范齐整如图案般的形象，却和欧洲晚期洞穴壁画那种写实造型有某些近似之处，都是粗轮廓性的准确描述，都是活生生的某种动态写照。然而，它们又毕竟是新石器时代的产儿，必须与同时期占统治地位的几何纹样观念相一致，从而它便具有比欧洲洞穴壁画远为抽象的造型和更为神秘的含义。它并不像今天表面看来那么随意自在。它以人体舞蹈的规范化了的写实方式，直接表现了当日严肃而重要的巫术礼仪，而绝不是"大树下""草地上"随便翩跹起舞而已。

翩跹起舞只是巫术礼仪的活动状态，原始歌舞正乃龙凤图腾的演习形式。

|舞蹈纹彩陶盆，新石器时代马家窑文化马家窑类型，中国国家博物馆

|舞蹈纹彩陶盆，新石器时代马家窑文化马家窑类型，青海省博物馆

（三）"有意味的形式"

原始社会是一个缓慢而漫长的发展过程。它经历了或交叉着不同阶段，其中有相对和平和激烈战争的不同时代。新石器时代的前期的母系氏族社会大概相对说来比较和平安定，其巫术礼仪、原始图腾及其图像化的符号形象也如此。文献资料中的神农略可相当这一时期：

古之人民，皆食禽兽肉。至于神农，人民众多，禽兽不足。于是神农因天之时，分地之利，制耒耜，教民农作。神而化之，使民宜之，故谓之神农也。（《白虎通义·号》）

神农之世，卧则居居，起则于于，民知其母，不知其父，与麋鹿共处，耕而食，织而衣，无有相害之心。（《庄子·盗跖》）

所谓"与麋鹿共处"，其实乃是驯鹿。仰韶彩陶中就多有鹿的形象。仰韶型（半坡和庙底沟）和马家窑型的彩陶纹样，其特征恰好是这相对和平稳定的社会氛围的反照。你看那各种形态的鱼，那奔驰的狗，那爬行的蜥蜴，那拙钝的鸟和蛙，特别是那陶盆里的人面含鱼的形象，它们虽明显具有巫术礼仪的图腾性质，其具体含义已不可知，但从这些形象本身所直接传达出来的艺术风貌和审美意识，却可以清晰地使人感到：这里还没有沉重、恐怖、神秘和紧张，而是生动、活泼、纯朴和天真，是一派生气勃勃、健康成长的童年气派。

| 鹳鱼石斧图彩绘陶缸，新石器时代仰韶文化庙底沟类型，中国国家博物馆

| 鹿纹彩陶盆，新石器时代仰韶文化半坡类型，西安半坡博物馆

| 人面鱼纹彩陶盆，新石器时代仰韶文化半坡类型，中国国家博物馆

| 鱼纹彩陶盆，新石器时代仰韶文化半坡类型，中国国家博物馆

仰韶半坡彩陶的特点，是动物形象和动物纹样多，[1] 其中尤以鱼纹最普遍，有十余种。据闻一多《说鱼》，鱼在中国语言中具有生殖繁盛的祝福含义。但闻一多最早也只说到《诗经》《周易》。那么，我们是否可以把它进一步追溯到这些仰韶彩陶呢？像仰韶期半坡彩陶屡见的多种鱼纹和含鱼人面，它们的巫术礼仪含义是否就在对氏族子孙"瓜瓞绵绵"长久不绝的祝福？人类自身的生产和扩大再生产即种的繁殖，是远古原始社会发展的决定性因素，血族关系是当时最为重要的社会结构，[2] 中国终于成为世界上人口最多的国家，[3] 汉民族终于成为世界第一大民族，是否可以追溯到这几千年前具有祝福意义的巫术符号？此外，《山海经》说，"蛇乃化为鱼"，汉代墓葬壁画中保留有蛇鱼混合形的怪物……那么，仰韶的这些鱼、人面含鱼，与前述的龙蛇、人首蛇身是否有某种关系？是些什么关系？此外，这些彩陶中的鸟的形象与前述文献中的"凤"是否也有关系？……凡此种种，都有待进一步的研究探索，这里只是提出一些猜测罢了。

　　社会在发展，陶器造型和纹样也在继续变化。和全世界各民族完全一致，占据新石器时代陶器的纹饰走廊的，并非动物纹样，而是抽象的几何纹，即各式各样的曲线、直线、水纹、旋涡纹、三角形、锯齿纹种种。关于这些几何纹的起因和来源，至今仍是世界艺术史之谜，意见和争论很多。例如不久前我国江南印纹陶问题的学术讨论会上，好些同志认为"早期几何印纹陶的纹样源于生产和生活。……叶脉纹是树叶脉纹的模拟，水波纹是水波的形象化，云雷纹导源于流水的旋涡"，认为这是由于"人们对于器物，在实用之外，还要求美观，于是印纹

---

1. 半坡彩陶纹样是迄今发现中最早的一种。年代更早的尚无纹样可言（如河北磁山、河南新郑等 7000 年以上的陶器）。
2. 参看恩格斯：《家庭、私有制和国家的起源》第一版序及列维 – 斯特劳斯的著作。
3. 印度已于 2023 年超越中国，成为世界人口最多的国家，中国目前排第二。——编者注

| 马家窑彩陶，几何纹样

逐渐规整化、图案化，装饰的需要便逐渐成为第一位的了"[1]。这种看法，本书是不能同意的，因为，不但把原始社会中"美观""装饰"说成已分化了的需要，缺乏证明和论据；[2]而且把几何纹样说成是模拟"树叶""水波"，更是简单化了，它没有也不能说明为何恰恰要去模拟树叶、水波。所以，本书以为，下面一种看法似更深刻和正确："也有同志认为，……更多的几何形图案是同古越族蛇图腾的崇拜有关，如旋涡纹似蛇的盘曲状，水波纹似蛇的爬行状，等等。"（同上引文）

其实，仰韶、马家窑的某些几何纹样已比较清晰地表明，它们是由动物形象的写实而逐渐变为抽象化、符号化的。由再现（模拟）到

1.《江南地区印纹陶问题学术讨论会纪要》，《文物》1979年第1期。
2.马家窑发现的彩陶人首纹样，看来是"断发文身"的、而"断发文身"并非为"装饰""美观"，它首先具有巫术礼仪的重要含义。至于要求器物的"美观"，当然更在人体"美观"之后。

| 水波纹彩陶钵，新石器时代马
家窑文化马家窑类型，北京故
宫博物院

| 旋涡纹尖底彩陶瓶，新石
器时代马家窑文化马家窑
类型，甘肃省博物馆

| 旋涡纹双耳彩陶罐，新石器时代
马家窑文化半山类型，北京故宫
博物院

| 锯齿旋涡纹彩陶鼓，新石
器时代马家窑文化半山类
型，兰州市博物馆

| 垂弧锯齿纹彩陶瓮，新石器时代马家
窑文化半山类型，甘肃省博物馆

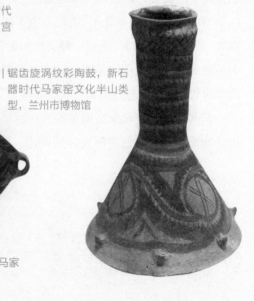

表现（抽象化），由写实到符号化，这正是一个由内容到形式的积淀过程，也正是美作为"有意味的形式"的原始形成过程。即是说，在后世看来似乎只是"美观""装饰"而并无具体含义和内容的抽象几何纹样，其实在当年却是有着非常重要的内容和含义，即具有严重的原始巫术礼仪的图腾含义的。似乎是"纯"形式的几何纹样，对原始人们的感受却远不只是均衡对称的形式快感，而具有复杂的观念、想象的意义在内。巫术礼仪的图腾形象逐渐简化和抽象化成为纯形式的几何图案（符号），它的原始图腾含义不但没有消失，并且由于几何纹饰经常比动物形象更多地布满器身，这种含义反而更加强了。可见，抽象几何纹饰并非某种形式美，而是：抽象形式中有内容，感官感受中有观念，如前所说，这正是美和审美在对象和主体两方面的共同特点。这个共同特点便是积淀：内容积淀为形式，想象、观念积淀为感受。这个由动物形象而符号化演变为抽象几何纹的积淀过程，对艺术史和审美意识史是一个非常关键的问题。下面是一些考古学家对这个过程的某些事实描述：

有很多线索可以说明这种几何图案花纹是由鱼形的图案演变来的，……一个简单的规律：即头部形状越简单，鱼体越趋向图案化；相反方向的鱼纹融合而成的图案花纹，体部变化较复杂；相同方向压叠融合的鱼纹，则较简单。[1]

有如图一、二、三：

<hr />

1. 中国科学院考古研究所、陕西省西安半坡博物馆编《西安半坡》，文物出版社，1963，第182、185页。

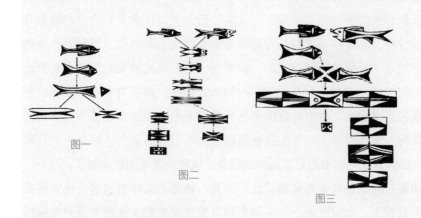

图一　图二　图三

鸟纹图案是从写实到写意（表现鸟的几种不同动态），到象征。[1]

有如图四：

图四

---

1. 苏秉琦：《关于仰韶文化的若干问题》。

|鸟鱼纹彩陶葫芦瓶，新石器时代仰韶文化半坡类型，西安半坡博物馆

|鸟纹彩陶罐，新石器时代马家窑文化石岭下类型，平凉市博物馆

　　主要的几何形图案花纹可能是由动物图像演化而来的。有代表性的几何纹饰可分成两类：螺旋形纹饰是由鸟纹变化而来的；波浪形的曲线纹和垂幛纹是由蛙纹演变而来的。……这两类几何纹饰划分得这样清楚，大概是当时不同氏族部落的图腾标志。[1]

---

1. 石兴邦：《有关马家窑文化的一些问题》，《考古》1962 年第 6 期。

有如图五、六：

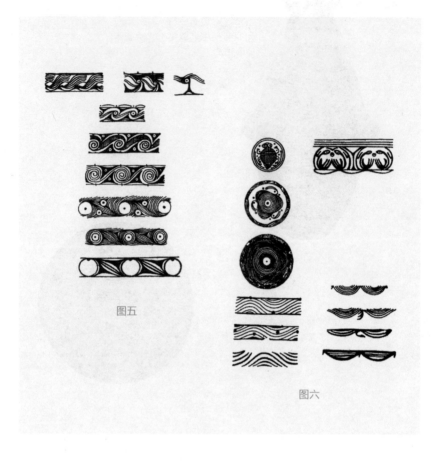

图五

图六

在原始公社时期，陶器纹饰不单是装饰艺术，而且也是族的共同体
在物质文化上的一种表现，……彩陶纹饰是一定的人们共同体的标志，
它在绝大多数场合下是作为氏族图腾或其他崇拜的标志而存在的。

根据我们的分析，半坡彩陶的几何形花纹是由鱼纹变化而来的。
庙底沟彩陶的几何形花纹则是由鸟纹演变而来的，所以前者的是单纯
的直线，后者是起伏的曲线。

如果彩陶花纹确是族的图腾标志，或者是具有特殊意义的符

号，……仰韶文化的半坡类型与庙底沟类型分别属于以鱼和鸟为图腾的不同部落氏族，马家窑文化是属于分别以鸟和蛙为图腾的两个氏族部落……[1]

把半坡期到庙底沟期再到马家窑期的蛙纹和鸟纹联系起来看，很清楚地存在着因袭相承、依次演化的脉络。开始是写实的，生动的，形象多样化的，后来都逐步走向图案化，格律化，规范化，而蛙、鸟两种母题并出这一点则是始终如一的。

……鸟纹经过一个时期的发展，到马家窑期即已开始旋涡纹化，而半山期的旋涡纹和马厂期的大圆圈纹，形象拟似太阳，可称之为拟日纹，当是马家窑类型的旋涡纹的继续发展。可见鸟纹同拟日纹本来是有联系的。……

在我国古代的神话传说中，有许多关于鸟和蛙的故事，其中许多可能和图腾崇拜有关。后来鸟的形象逐渐演变为代表太阳的金乌，蛙的形象则逐渐演变为代表月亮的蟾蜍。……这就是说，从半坡期、庙底沟期到马家窑期的鸟纹和蛙纹，以及从半山期、马厂期到齐家文化与四坝文化的拟蛙纹，半山期和马厂期的拟日纹，可能都是太阳神和月亮神的崇拜在彩陶花纹上的体现。这一对彩陶纹饰的母题之所以能够延续如此之久，本身就说明它不是偶然的现象，而是与一个民族的信仰和传统观念相联系的。[2]

---

1. 石兴邦：《有关马家窑文化的一些问题》。
2. 严文明：《甘肃彩陶的源流》，《文物》1978 年第 10 期。

可如图七：

	蛙 纹	鸟 纹
半坡期		
庙底沟期		
马家窑期		
	拟蛙纹	拟日纹
半山期		
马厂期		
四坝文化 齐家文化		
汉墓帛画		

图七

陶器纹饰的演化是一个非常复杂而困难的科学问题，尚需深入探索。[1]但尽管上述具体演变过程、顺序、意义不一定都准确可靠，尽管仍带有很大的推测猜想的成分和甚至错误的具体结论，但是，由写实的、生动的、多样化的动物形象演化成抽象的、符号的、规范化的几何纹

1.例如，上述被称作"蛙"的图像是否是"龟"？与古文献中"巨龟""神龟"有否关系？等等，便尚待研究。

|蛙纹彩陶钵，新石器时代马家窑文化
马家窑类型，中国考古博物馆

|蛙纹彩陶壶，新石器时代马家窑文化
马厂类型，北京故宫博物院

饰这一总的趋向和规律，作为科学假说，已有成立的足够根据。同时，这些从动物形象到几何图案的陶器纹饰并不是纯形式的"装饰""审美"，而具有氏族图腾的神圣含义，似也可成立。

如前所说，人的审美感受之所以不同于动物性的感官愉快，正在于其中包含有观念、想象的成分在内。美之所以不是一般的形式，而是所谓"有意味的形式"，正在于它是积淀了社会内容的自然形式。所以，美在形式而不即是形式。离开形式（自然形体）固然没有美，而只有形式（自然形体）也不成其为美。

克乃夫·贝尔（Clive Bell）[1]提出"美"是"有意味的形式"（significant

1.即克莱夫·贝尔，英国形式主义美学家。——编者注

form）的著名观点，否定再现，强调纯形式（如线条）的审美性质，给后期印象派绘画提供了理论依据。但他这个理论由于陷在循环论证中而不能自拔，即认为"有意味的形式"决定于能否引起不同于一般感受的"审美感情"（aesthetic emotion），而"审美感情"又来源于"有意味的形式"。我以为，这一不失为有卓见的形式理论如果加以上述审美积淀论的界说和解释，就可脱出这个论证的恶性循环。正因为似乎是纯形式的几何线条，实际是从写实的形象演化而来，其内容（意义）已积淀（溶化）在其中，于是，才不同于一般的形式、线条，而成为"有意味的形式"。也正由于对它的感受有特定的观念、想象的积淀（溶化），才不同于一般的感情、感性、感受，而成为特定的"审美感情"。原始巫术礼仪中的社会情感是强烈炽热而含混多义的，它包含有大量的观念、想象，却又不是用理智、逻辑、概念所能诠释清楚，当它演化和积淀于感官感受中时，便自然变成了一种好像不可用概念言说和穷尽表达的深层情绪反应。某些心理分析学家（如 Jung[1]）企图用人类集体的无意识"原型"来神秘地解说。实际上，它并不神秘，它正是这种积淀、溶化在形式、感受中的特定的社会内容和社会感情。但要注意的是，随着岁月的流逝、时代的变迁，这种原来是"有意味的形式"却因其重复的仿制而日益沦为失去这种意味的形式，变成规范化的一般形式美。从而这种特定的审美感情也逐渐变而为一般的形式感。于是，这些几何纹饰又确乎成了各种装饰美、形式美的最早的样板和标本了。

　　陶器几何纹饰是以线条的构成、流转为主要旋律。线条和色彩是造型艺术中两大因素。比起来，色彩是更原始的审美形式，这是由于对色彩的感受有动物性的自然反应作为直接基础（例如对红、绿色彩的不同生理感受）。线条则不然，对它的感受、领会、掌握要间接和

---

1. 即卡尔·荣格（Carl Jung），瑞士心理学家、精神科医师，分析心理学的创始人。——编者注

困难得多，它需要更多的观念、想象和理解的成分和能力。如果说，对色的审美感受在旧石器的山顶洞人便已开始；那么，对线的审美感受的充分发展则要到新石器制陶时期中。这是与日益发展、种类众多的陶器实体的造型（各种比例的圆、方、长、短、高、矮的钵、盘、盆、豆、鬲、甗……）的熟练把握和精心制造分不开的，只有在这个物质生产的基础之上，它们才日益成为这一时期审美－艺术中的核心。内容向形式的积淀，又仍然是通过在生产劳动和生活活动中所掌握和熟练了的合规律性的自然法则本身而实现的。物态化生产的外形式或外部造型，也仍然与物化生产的形式和规律相关，只是它比物化生产更为自由和更为集中，合规律性的自然形式在这里呈现得更为突出和纯粹。总之，在这个从再现到表现，从写实到象征，从形到线的历史过程中，人们不自觉地创造了和培育了比较纯粹（线比色要纯粹）的美的形式和审美的形式感。劳动、生活和自然对象与广大世界中的节奏、韵律、对称、均衡、连续、间隔、重叠、单独、粗细、疏密、反复、交叉、错综、一致、变化、统一等种种形式规律，逐渐被自觉掌握和集中表现在这里。在新石器时代的农耕社会，劳动、生活和有关的自然对象（农作物）这种种合规律性的形式比旧石器时代的狩猎社会呈现得要远为突出、确定和清晰，它们通过巫术礼仪，终于凝冻在、积淀在、浓缩在这似乎僵化了的陶器抽象纹饰符号上了，使这种线的形式中充满了大量的社会历史的原始内容和丰富含义。同时，线条不只是诉诸感觉，不只是对比较固定的客观事物的直观再现，而且常常可以象征着代表着主观情感的运动形式。正如音乐的旋律一样，对线的感受不只是一串空间对象，而且更是一个时间过程。那么，是否又可以说，原始巫术礼仪中的炽烈情感，已经以独特形态凝冻在、积淀在这些今天看来如此平常的线的纹饰上呢？那些波浪起伏、反复周旋的韵律、形式，岂不正是原始歌舞升华了的抽象代表吗？本来，如前所述，我们已经看到这种活动的"手拉着手"的模拟再现，整个陶器艺术包括几何纹饰是否也应从这个角度来理解、领会它的社会意义和审美意义呢？例如，当年席地而坐面对陶器纹饰[1]的静的观照，是否即从"手拉着手"的原始歌舞的动的"过程"衍化演变而来的呢？动的巫术魔法化而为静的祈祷默告？

与纹饰平行，陶器造型是另一个饶有趣味的课题。例如，大汶口文化、龙山文化中的陶鬶的造型似鸟状，是否与东方群体的鸟图腾有关呢？如此等等。这里只提与中国民族似有特殊关系的两点。一是大汶口的陶猪，一是三足器。前者写实，从河姆渡到大汶口，猪的驯化饲养是中国远古民族一大特征，它标志定居早和精耕细作早。七千五百年前河南裴李岗遗址即有猪骨和陶塑的猪，仰韶晚期已用猪头随葬。猪不是生产资料而是生活资料。迄至今日，和世界上好些民族不同，猪肉远远超过牛羊肉，仍为占我国人口绝大多数的汉族的主要肉食，它确乎源远流长。大汶口陶猪形象是这个民族的远古重要标记。然而，对审美－艺术更为重要的是三足器问题，这也是中国民族的珍爱。它

| 猪纹黑陶钵，新石器时代河姆渡文化，浙江省博物馆

1. 谷闻：《漫谈新石器时代彩陶图案花纹带装饰部位》，《文物》1977 年第 6 期。

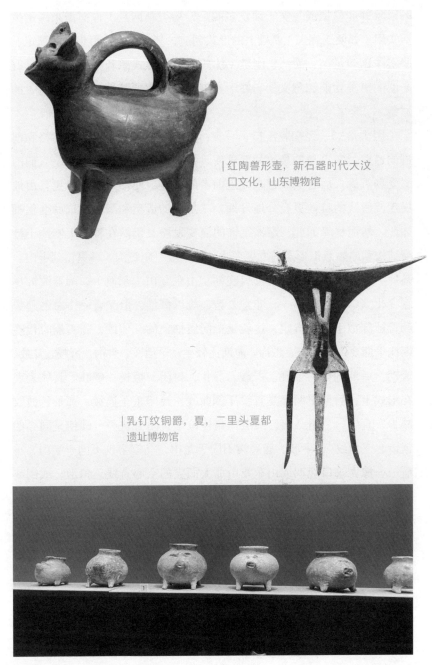

| 红陶兽形壶，新石器时代大汶口文化，山东博物馆

| 乳钉纹铜爵，夏，二里头夏都遗址博物馆

| 猪形陶罐，新石器时代，南京博物院

的形象并非模拟或写实（动物多四足，鸟类则两足），而是来源于生活实用（如便于烧火）基础上的形式创造，其由三足造型带来的稳定、坚实（比两足）、简洁、刚健（比四足）等形式感和独特形象，具有高度的审美功能和意义。它终于发展为后世主要礼器（宗教用具）的"鼎"。

因为形式一经摆脱模拟、写实，便使自己取得了独立的性格和前进的道路，它自身的规律和要求便日益起着重要作用，而影响人们的感受和观念。后者又反过来促进前者的发展，使形式的规律更自由地展现，使线的特性更充分地发挥。三足器的造型和陶器纹饰的变化都如此。然而尽管如此，陶器纹饰的演变发展又仍然在根本上制约于社会结构和原始意识形态的发展变化。从半坡、庙底沟、马家窑到半山、马厂、齐家（西面）和大汶口晚期、山东龙山（东面），陶器纹饰尽管变化繁多，花样不一，非常复杂，难以概括，但又有一个总的趋势和特征却似乎可以肯定，这就是虽同属抽象的几何纹，新石器时代晚期比早期要远为神秘、恐怖。前期比较生动、活泼、自由、舒畅、开放、流动，后期则更为僵硬、严峻、静止、封闭、惊畏、威吓。具体表现在形式上，后期更明显是直线压倒曲线，封闭重于连续，弧形、波纹减少，直线、三角凸出，圆点弧角让位于直角方块……即使是同样的锯齿、三角纹[1]，半坡、庙底沟不同于龙山，马家窑也不同于半山、马厂……像大汶口晚期或山东龙山那大而尖的空心直线三角形，或倒或立，机械地、静止状态地占据了陶器外表大量面积和主要位置，显示出一种神秘怪异的意味。红黑相间的锯齿纹常常是半山－马厂彩陶的基本纹饰之一，却未见于马家窑彩陶。神农世的相对和平稳定时期已

1.锯齿纹、三角纹是否与"山"的观念有关（《山海经》中多山，山与男性生殖器崇拜可能有关），方格形是否与土地或死亡观念有关，圆形是否与天体运行（周而复始）观念有关，都是尚待探究的问题。

| 玉圭，新石器时代龙山文化，台北故宫博物院

| 彩陶背壶，新石器时代大汶口文化，中国国家博物馆

| 彩绘陶罐，夏家店下层文化，赤峰博物馆

成过去，社会发展进入了以残酷的大规模的战争、掠夺、杀戮为基本特征的黄帝、尧舜时代。母系氏族社会让位于父家长制，并日益向早期奴隶制的方向行进。剥削、压迫、社会斗争在激剧增长，在陶器纹饰中，前期那种种生态盎然、稚气可掬、婉转曲折、流畅自如的写实的和几何的纹饰逐渐消失。在后期的几何纹饰中，使人清晰地感受到权威统治力量的分外加重。至于著名的山东龙山文化晚期的日照石锛纹样（图八），以及东北出土的陶器纹饰，则更是极为明显地与殷商青铜器靠近，[1]性质在开始起根本变化了。它们做了青铜纹饰的前导。

图八

---

1. 此外，巫鸿《一组早期的玉石雕刻》（《美术研究》1979 年第 1 期）提出的那些玉雕形象纹饰，也应属于这一特定时期，特别是鹰鸟图饰，明显与殷商图腾有关。

青铜饕餮

线的艺术

解体和解放

| 兽面纹铜钺，商，中国国家博物馆

（一）狞厉的美

传说中的夏铸九鼎[1]，大概是打开青铜时代第一页的标记。夏文化虽仍在探索中，但河南龙山和二里头[2]大概即是。如果采用商文化来自北方说[3]，则这一点似更能确立。如上章结尾所述，从南（江南、山东）和北（东北），好几处新石器时代文化遗址的陶器纹饰都有向铜器纹饰过渡的明显特征。当然，关于它们是否先于铜器还是与青铜同期或更后，仍有许多争议。不过从总的趋向看，陶器纹饰的美学风格由活泼愉快走向沉重神秘，确是走向青铜时代的无可置疑的实证。由黄帝以来，经过尧舜禹的二头军长制[4]（军事民主）到夏代"传子不传贤"，中国古史进入了一个新阶段：虽然仍在氏族共同体的社会结构基础之上，但早期宗法制统治秩序（等级制度）在逐渐形成和确立。公社成员逐渐成为各级氏族贵族的变相奴隶，贵族与平民（国人）开始了阶级分野。在上层建筑和意识形态领域，以"礼"为旗号，以祖先祭祀为核心，具有浓厚宗教性质的巫史文化开始了。它的特征是，原始的全民性的巫术礼仪变为部分统治者所垄断的社会统治的等级法规，原始社会末期的专职巫师变为统治者阶级的宗教政治宰辅。

---

1. 九鼎者，多鼎也。九，言其众多也。参看顾颉刚：《史林杂识初编》。
2. 参看邹衡：《关于探讨夏文化的几个问题》，《文物》1979 年第 3 期。
3. 参看金景芳：《商文化起源于我国北方说》，载《中华文史论丛》第 7 辑，上海古籍出版社，1978。
4. 参看翦伯赞：《中国史论集·论中国的母系氏族社会》。

殷墟甲骨卜辞显示，当时每天都要进行占卜，其中大量的是关于农业方面如"卜禾""卜年""卜雨"以及战争、治病、祭祀等等，这与原始社会巫师的活动基本相同，但这种宗教活动越来越成为维护氏族贵族统治集团、统治阶级利益的工具。以至推而广之，各种大大小小的事情都得请示上帝鬼神，来决定行动的吉凶可否。殷墟出土的甲骨记载着关于各种大小活动的占卜。周代也如此，钟鼎铭文有明证。《易经》实际上也是卜筮之书。《尚书·洪范》的下述记载可看作殷周社会这种活动的典型写照：

> 汝则有大疑，谋及乃心，谋及卿士，谋及庶人，谋及卜筮。……汝则从、龟从、筮从、卿士逆、庶民逆，吉。卿士从、龟从、筮从、汝则逆、庶民逆，吉。庶民从、龟从、筮从、汝则逆、卿士逆，吉。汝则从、龟从、筮逆、卿士逆、庶民逆，作内吉，作外凶。龟筮共违于人，用静吉，用作凶。

这说明，在所有条件中，"龟从""筮从"是最重要的，超过了其他任何方面和因素，包括"帝""王"自己的意志和要求。如果"龟筮共违于人"，就根本不能进行任何活动。掌握龟筮以进行占卜的僧侣们的地位和权势，可想而知。他们其中一部分人实际成了掌管国事的政权操纵者：

> 我闻在昔成汤既受命，时则有若伊尹，格于皇天。……在太戊时，则有若伊陟、臣扈，格于上帝。巫咸乂王家。在祖乙时，则有若巫贤。（《尚书·君奭》）
>
> 帝太戊立伊陟为相。……伊陟赞言于巫咸，巫咸治王家有成，……帝祖乙立，殷复兴。巫贤任职。（《史记·殷本纪》）

除了"巫""伊"（卜辞所谓"令多尹"），还有"史"（卜辞所谓"其令卿史")。"史"与"巫""尹"一样，也是"知天道"的宗教性政治性的大人物。章太炎认为"士、事、史、吏"等本都是一回事。王国维说，史与事相同，殷墟卜辞作"卿史"，周鼎作"卿事"，经传作"卿士"，其实是相同的。"是卿士本名史也"。"尹"与"史"也是一回事，"尹氏之号，本于内史"[1]。"史手执简形"，又是最早垄断文字的人物。此外，如卜、宗、祝[2]等等，都是当时异名而同实的僧侣贵族。

　　这就是说，与物质劳动与精神劳动的分离相适应，出现了最初的一批思想家，他们就是巫师，是原始社会的精神领袖。也正如马克思说的："从这时候起意识才能真实地这样想象：它是某种和现存实践的意识不同的东西；它不用想象某种真实的东西而能够真实地想象某种东西。""在这个阶级内部，一部分人是作为该阶级的思想家而出现的（他们是这一阶级的积极的、有概括能力的思想家，他们把编造这一阶级关于自身的幻想当作谋生的主要泉源）……"[3]中国古代的"巫""尹""史"正是这样。他们是殷周统治者阶级中一批积极的、有概括能力的"思想家"，他们"格于皇天"，"格于上帝"，是僧侣的最初形式。他们在宗教衣装下，为其本阶级的利益考虑未来，出谋划策，从而好像他们的这种脑力活动是某种与现存实践意识不同的东西，它不是去想象现存的各种事物，而是能够真实地想象某种东西，这即是通过神秘诡异的巫术－宗教形式来提出"理想"，预卜未来，编造关于自身的幻想，把阶级的统治说成是上天的旨意。"自古圣王将建国受命，兴动事业，何尝不宝

<hr>

1.《观堂集林·释史》。
2. 史、祝、卜是同一的，如"公筮之，史曰：'吉。'"（《左传·成公十六年》），"晋赵鞅卜救郑，遇水适火，占诸史赵、史墨、史龟"（《左传·哀公九年》），"使祝史徙主祏于周庙"（《左传·昭公十八年》），"其祝史陈信于鬼神"（《左传·襄公二十七年》），"我，大史也，实掌其祭"（《左传·闵公二年》），"夫人作享，家为巫史"（《国语·楚语下》），等等。
3.《德意志意识形态》。

卜筮以助善！唐虞以上，不可记已。自三代之兴，各据祯祥。"（《史记·龟策列传》）这也恰好表明，"唐虞以上"的原始社会还不好说，夏、商、周的"建国受命"建立统治，则总是要依赖这些"巫""史""尹"来编造、宣传本阶级的幻想和"祯祥"。

这种"幻想"和"祯祥"，这种"真实地想象"即意识形态的独立的专门生产，以写实图像的形态，表现在青铜器上。如果说，陶器纹饰的制定、规范和演变，大抵还是尚未脱离物质生产的氏族领导成员，体现的是氏族部落的全民性的观念、想象，那么，青铜器纹饰的制定规范者，则应该已是这批宗教性政治性的大人物。这些"能够真实地想象某种东西"的巫、尹、史。尽管青铜器的铸造者是体力劳动者甚至奴隶，尽管某些青铜器纹饰也可溯源于原始图腾和陶器图案，但它们毕竟主要是体现了早期宗法制社会的统治者的威严、力量和意志。它们与陶器上神秘怪异的几何纹样，在性质上已有了区别。以饕餮为突出代表的青铜器纹饰，已不同于神异的几何抽象纹饰，它们是远为具体的动物形象，但又确乎已不是去"想象某种真实的东西"，在现实世界并没有对应的这种动物；它们属于"真实地想象"出来的"某种东西"，这种东西是为其统治的利益、需要而想象编造出来的"祯祥"或标记。它们以超世间的神秘威吓的动物形象，表示出这个初生阶级对自身统治地位的肯定和幻想：

　　昔夏之方有德也，远方图物，贡金九牧，铸鼎象物，百物而为之备，使民知神、奸。故民入川泽山林，不逢不若。螭魅罔两，莫能逢之。用能协于上下，以承天休。（《左传·宣公三年》）

以饕餮为代表的青铜器纹饰具有肯定自身、保护社会、"协上下"、"承天休"的祯祥意义。那么，饕餮究竟是什么呢？这迄今尚无定论。唯一可以肯定的是，它是兽面纹。是什么兽？则各种说法都有：牛、羊、虎、鹿、山魈……本书基本同意它是牛头纹。但此牛非凡牛，而是当时巫术宗教仪典中的圣牛[1]。现代民俗学对中国西南少数民族的调查表明，牛头作为巫术宗教仪典的主要标志，被高高挂在树梢，对该氏族部落具有极为重要的神圣意义和保护功能。它实际是原始祭祀礼仪的符号标记。这符号在幻想中含有巨大的原始力量，从而是神秘、恐怖、威吓的象征，它可能就是上述巫、尹、史们的幻想杰作。所以，各式各样的饕餮纹样及以它为主体的整个青铜器其他纹饰和造型、特征都在突出这种指向一种无限深渊的原始力量，突出在这种神秘威吓面前的畏怖、恐惧、残酷和凶狠。你看那些著名的商鼎和周初鼎，你看那个兽（人？）面大钺，你看那满身布满了雷纹，你看那与饕餮纠缠在一起的夔龙夔凤，你看那各种变异了的、并不存在于现实世界的各种动物形象，例如那神秘的夜的使者——鸱枭，你看那可怖的人面鼎……它们远不再是仰韶彩陶纹饰中的那些生动活泼、愉快写实的形象了，也不同于尽管神秘毕竟抽象的陶器的几何纹样了。它们完全是变形了的、风格化了的、幻想的、可怖的动物形象。它们呈现给你的感受是一种神秘的威力和狞厉的美。它们之所以具有威吓神秘的力量，不在于这些怪异动物形象本身有如何的威力，而在于以这些怪异形象为象征符号，指向了某种似乎是超世间的权威神力的观念；它们之所以美，不在于这些形象如何具有装饰风味等等（如时下某些美术史所认为），而在于以这些怪异形象的雄健线条，深沉凸出的铸造刻饰，恰到好处地体现了一种无限的、原始的、还不能用概念语言来表达的原始宗教的情感、观念和理想，配上那沉着、坚实、稳定的器物造型，极为成功地反映了"有虔秉钺，如火烈烈"（《诗经·商颂》）那进入文明时代所必经的血与火的野蛮年代。

---

1. 古史艳称的所谓"伊尹以割烹要汤"，实际可能是与宰割圣牛有关、祭祀的故事。周人祭祀仍用牛。《论语》："犁牛之子骍且角，虽欲勿用，山川其舍诸？"

伏鸟双尾青铜虎，商，
江西省博物馆

人面纹方铜鼎，商，湖
南博物院

虎食人卣，商，法国巴黎赛努奇博物馆

戴金面罩青铜人头像，商，
三星堆博物馆

人类从动物开始。为了摆脱动物状态，人类最初使用了野蛮的、几乎是动物般的手段，这就是历史真相。历史从来不是在温情脉脉的人道牧歌声中进展，相反，它经常要无情地践踏着千万具尸体而前行。战争就是这种最野蛮的手段之一。原始社会晚期以来，随着氏族部落的吞并，战争越来越频繁，规模越来越巨大。中国兵书成熟如此之早，正是长期战争经验的概括反映。"自剥林木（剥林木而战）而来，何日而无战？大昊之难，七十战而后济；黄帝之难，五十二战而后济；少昊之难，四十八战而后济；昆吾之难，五十战而后济；牧野之师，血流漂杵。"（罗泌：《路史·前纪卷五》）大概从炎黄时代直到殷周，大规模的氏族部落之间的合并战争，以及随之而来的大规模的、经常的屠杀、俘获、掠夺、奴役、压迫和剥削，便是社会的基本动向和历史的常规课题。暴力是文明社会的产婆。炫耀暴力和武功是氏族、部落大合并的早期宗法制这一整个历史时期的光辉和骄傲。所以继原始的神话、英雄之后的，便是这种对自己氏族、祖先和当代的这种种野蛮吞并战争的歌颂和夸扬。殷周青铜器也大多为此而制作，它们作为祭祀的"礼器"，多半供献给祖先或铭记自己武力征伐的胜利。与当时大批杀俘以行祭礼吻同合拍。"非我族类，其心必异"，杀掉甚或吃掉非本氏族、部落的敌人是原始战争以来的史实，杀俘以祭本氏族的图腾和祖先，更是当时的常礼。因之，吃人的饕餮倒恰好可作为这个时代的标准符号。《吕氏春秋·先识览》说："周鼎著饕餮，有首无身，食人未咽，害及其身。"神话失传，意已难解。但"吃人"这一基本含义，却是完全符合凶怪恐怖的饕餮形象的。它一方面是恐怖的化身，另方面又是保护的神祇。它对异氏族、部落是威惧恐吓的符号；对本氏族、部落则又具有保护的神力。[1] 这种双重性的宗教观念、情感和想象便凝

1.据张光直《中国青铜时代》，"吃人"旧解误，人头于兽口中乃讲通天人之巫（shaman），且此兽于人乃相助者而非敌对者。即使如此，上述论断仍可成立。

聚在此怪异狞厉的形象之中。在今天看来是如此之野蛮，在当时则有其历史的合理性。也正因如此，古代诸氏族的野蛮的神话传说、残暴的战争故事和艺术作品，包括荷马的史诗、非洲的面具……尽管非常粗野，甚至狞厉可怖，却仍然保持着巨大的美学魅力。中国的青铜饕餮也是这样。在那看来狞厉可畏的威吓神秘中，积淀着一股深沉的历史力量。它的神秘恐怖正只是与这种无可阻挡的巨大历史力量相结合，才成为美——崇高的。人在这里确乎毫无地位和力量，有地位的是这种神秘化的动物变形，它威吓、吞食、压制、践踏着人的身心。但当时社会必须通过这种种血与火的凶残、野蛮、恐怖、威力来开辟自己的道路而向前跨进。用感伤态度便无法理解青铜时代的艺术。这个动辄杀戮千百俘虏、奴隶的历史年代早成过去，但代表、体现这个时代精神的青铜艺术之所以至今为我们所欣赏、赞叹不绝，不正在于它们体现了这种被神秘化了的客观历史前进的超人力量吗？正是这种超人的历史力量才构成了青铜艺术的狞厉的美的本质。这如同给人以恐怖效果的希腊悲剧所渲染的命运感，由于体现着某种历史必然性和力量而成为美的艺术一样。超人的历史力量与原始宗教神秘观念的结合，也使青铜艺术散发着一种严重的命运气氛，加重了它的神秘狞厉风格。

同时，由于早期宗法制与原始社会毕竟不可分割，这种种凶狠残暴的形象中，又仍然保持着某种真实的稚气。从而使这种毫不掩饰的神秘狞厉，反而荡漾出一种不可复现和不可企及的童年气派的美丽。特别是今天看来，这一特色更为明白。你看那个兽（人）面大钺，尽管在有意识地极力夸张狞狞可怖，但其中不又仍然存留着某种稚气甚至妩媚的东西吗？好些饕餮纹饰也是如此。它们仍有某种原始的、天真的、拙朴的美。

所以，远不是任何狞狞神秘都能成为美。恰好相反，后世那些张牙舞爪的各类人、神造型或动物形象，尽管如何夸耀威吓恐惧，却徒然只显其空虚可笑而已。它们没有青铜艺术这种历史必然的命运力量和人类早期的童年气质。

社会愈发展,文明愈进步,也才愈能欣赏和评价这种崇高狞厉的美。在宗法制时期,它们并非审美观赏对象,而是诚惶诚恐顶礼供献的宗教礼器;在封建时代,也有因为害怕这种狞厉形象而销毁它们的史实,"旧时有谓钟鼎为祟而毁器之事,盖即缘于此等形象之可骇怪而致"[1]。恰恰只有在物质文明高度发展,宗教观念已经淡薄,残酷凶狠已成陈迹的文明社会里,体现出远古历史前进的力量和命运的艺术,才能为人们所理解、欣赏和喜爱,才成为真正的审美对象。

---

1. 郭沫若:《青铜时代·彝器形象学试探》。原注:"隋书开皇十一年正月丁亥,以平陈所得古器多为祸变,悉命毁之。""靖康北徙器亦并迁。金汴季年,钟鼎为祟,宫殿之玩,悉毁无余。"

（二）线的艺术

卜骨刻辞，商，中国国
家博物馆

与青铜时代同时发达成熟的，是汉字。汉字作为书法，终于在后世成为中国独有的艺术部类和审美对象。追根溯源，也应回顾到它的这个定形确立时期。

甲骨文已是相当成熟的汉字了。它的形体结构和造字方式，为后世汉字和书法的发展奠定了原则和基础。汉字是以"象形""指事"为本源。"象形"有如绘画，来自对对象概括性极大的模拟写实。然而如同传闻中的结绳记事一样，从一开始，象形字就已包含有超越被模拟对象的符号意义。一个字表现的不只是一个或一种对象，而且也经常是一类事实或过程，也包括主观的意味、要求和期望。这即是说，"象形"中也已蕴涵有"指事""会意"的内容。正是这个方面使汉字的象形在本质上有别于绘画，具有符号所特有的抽象意义、价值和功能。但由于它既源出于"象形"，并且在其发展行程中没有完全抛弃这一原则，从而就使这种符号作用所寄居的字形本身，以形体模拟的多样可能性，取得相对独立的性质和自己的发展道路，即是说，汉字形体获得了独立于符号意义（字义）的发展径途。以后，它更以其净化了的线条美——比彩陶纹饰的抽象几何纹还要更为自由和更为多样的线的曲直运动和空间构造，表现出和表达出种种形体姿态、情感意兴和气势力量，终于形成中国特有的线的艺术：书法。

许慎在《说文解字·序》中说：

仓颉之初作书，盖依类象形，故谓之文。

以后许多书家也认为，作为书法的汉字确有模拟、造型这个方面：

或象龟文，或比龙鳞，舒体放尾，长翅短身，颉若黍稷之垂颖，蕴若虫蚊之棼缊。（蔡邕：《篆势》）

或栉比针列，或砥平绳直，或蜿蜒胶戾，或长邪角趣。（蔡邕：《隶势》）

缅想圣达立制造书之意，乃复仰观俯察六合之际焉。于天地山川，得方圆流峙之形；于日月星辰，得经纬昭回之度；于云霞草木，得霏布滋蔓之容；于衣冠文物，得揖让周旋之体；于须眉口鼻，得喜怒惨舒之分；于虫鱼禽兽，得屈伸飞动之理；于骨角齿牙，得摆抵咀嚼之势。随手万变，任心所成，可谓通三才之气象，备万物之情状者矣。（李阳冰：《上李大夫论古篆书》）

这表明，从篆书开始，书家和书法必须注意对客观世界各种对象、形体、姿态的模拟、吸取，即使这种模拟吸取具有极大的灵活性、概括性和抽象化的自由。这是一方面。另一方面，"象形"作为"文"的本意，是汉字的始源。后世"文"的概念便扩而充之相当于"美"。汉字书法的美也确乎建立在从象形基础上演化出来的线条章法和形体结构之上，即在它们的曲直适宜，纵横合度，结体自如，布局完满。甲骨文开始了这个美的历程。"至其悬针垂韭之笔致，横直转折，安排紧凑，四方三角等之配合，空间疏密之调和，诸如此类，竟能给一段文字以全篇之美观，此美莫非来自意境而为当时书家之精心结撰可知也。"[1] 应该说，这种净化了的线条美——书法艺术在当时远远不是自觉的。就是到钟鼎金文的数百年过程中，由开始的图画形体发展到后来的线的着意舒展，由开始的单个图腾符号发展到后来长篇的铭功记事，也一直要到东周春秋之际，才比较明显地表现出对这种书法美的有意识地追求。它与当时铭文内容的滋蔓和文章风格的追求是颇相一致的。郭沫若说："有周而后，书史之性质变而为文饰，如钟镈之多韵语，以规整之款式镂刻于器表，其字体亦多作波磔而有意求工；……凡此均于审美意识之下所施之文饰也，其效用与花纹同。中国以文字为艺术品之习尚当自此始。"[2] 有如青铜饕餮这时也逐渐变成了好看的文饰一样。在早期，青铜饕餮和这些汉字符号（经常铸刻在

| 秦二十六年铜诏版篆书，秦，镇原县博物馆

1. 邓以蛰：《书法之欣赏》，转引自宗白华：《中国书法里的美学思想》，《哲学研究》1962年第1期。
2. 郭沫若：《青铜时代·周代彝铭进化观》。

| 毛公鼎，西周晚期，台北故宫博
物院

| 散氏盘，西周晚期，台北故宫
博物院

不易为人所见的器物底部等处）都具严重的神圣含义，根本没考虑到
审美，但到春秋战国，它作为审美对象的艺术特性便突出地独立地发
展开来了。与此并行，具有某种独立性质的艺术作品和审美意识也要
到这时才真正出现。

如果拿殷代的金文和周代比，前者更近于甲文，直线多而圆角少，
首尾常露尖锐锋芒。但布局、结构的美虽不自觉，却已有显露。到周
金中期的大篇铭文，则章法讲究，笔势圆润，风格分化，各派齐出，
字体或长或圆，刻画或轻或重。著名的《毛公鼎》《散氏盘》等达到
了金文艺术的极致。它们或方或圆，或结体严正，章法严劲而刚健，
一派崇高肃毅之气；或结体沉圆，似疏而密，外柔而内刚，一派开阔
宽厚之容。它们又都以圆浑沉雄的共同风格区别于殷商的尖利直拙。
"中国古代商周铜器铭文里所表现章法的美，令人相信仓颉四目窥见
了宇宙的神奇，获得自然界最深妙的形式的秘密。""通过结构的疏
密、点画的轻重、行笔的缓急，……就像音乐艺术从自然界的群声里
抽出纯洁的'乐音'来，发展这乐音间相互结合的规律，用强弱、高低、
节奏、旋律等有规则的变化来表现自然界社会界的形象和自心的情感。"[1]

---

1. 宗白华：《中国书法里的美学思想》。

在这些颇带夸张的说法里，倒可以看出作为线的艺术的中国书法的某些特征：它像音乐从声音世界里提炼抽取出乐音来，依据自身的规律，独立地展开为旋律、和声一样，净化了的线条——书法美，以其挣脱和超越形体模拟的笔画（后代成为所谓"永字八法"）的自由开展，构造出一个个一篇篇错综交织、丰富多样的纸上的音乐和舞蹈，用以抒情和表意。可见，甲骨、金文之所以能开创中国书法艺术独立发展的道路，其秘密正在于它们把象形的图画模拟，逐渐变而为纯粹化了（即净化）的抽象的线条和结构。这种净化了的线条——书法美，就不是一般的图案花纹的形式美、装饰美，而是真正意义上的"有意味的形式"。一般形式美经常是静止的、程序化、规格化和失去现实生命感、力量感的东西（如美术字），"有意味的形式"则恰恰相反，它是活生生的、流动的、富有生命暗示和表现力量的美。中国书法——线的艺术非前者而正是后者，所以，它不是线条的整齐一律均衡对称的形式美，而是远为多样流动的自由美。行云流水，骨力追风，有柔有刚，方圆适度。它的每一个字、每一篇、每一幅都可以有创造、有变革甚至有个性，并不做机械的重复和僵硬的规范。它既状物又抒情，兼备造型（概括性的模拟）和表现（抒发情感）两种因素和成分，并在其长久的发展行程中，终以后者占了主导和优势（参看本书"盛唐之音"）。书法由接近于绘画雕刻变而为可等同于音乐和舞蹈。并且，不是书法从绘画而是绘画要从书法中吸取经验、技巧和力量。运笔的轻重、疾涩、虚实、强弱、转折顿挫、节奏韵律，净化了的线条如同音乐旋律一般，它们竟成了中国各类造型艺术和表现艺术的魂灵。

金文之后是小篆，它是笔画均匀的曲线长形，结构的美异常突出，再后是汉隶，破圆而方，变连续而断绝，再变而为草、行、真，随着时代和社会发展变迁，就在这"上下左右之位，方圆大小之形"的结体和"疏密起伏""曲直波澜"的笔势中，创造出了各种各样多彩多姿的书法艺术。它们具有高度的审美价值。与书法同类的印章也如此。在一块极为有限的小小天地中，却以其刀笔和结构，表现出种种意趣气势，形成各种风格流派，这也是中国所独有的另一"有意味的形式"。
而印章究其字体始源，又仍得追溯到青铜时代的钟鼎金文。

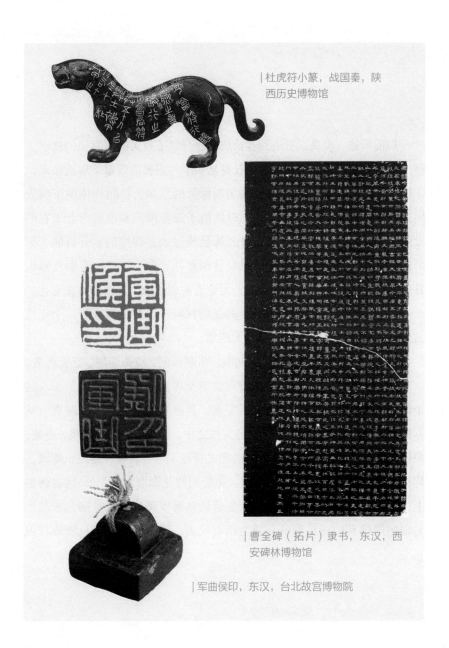

| 杜虎符小篆，战国秦，陕西历史博物馆

| 曹全碑（拓片）隶书，东汉，西安碑林博物馆

| 军曲侯印，东汉，台北故宫博物院

（三）解体和解放

　　如前所述，金文、书法到春秋战国已开始了对美的有意识的追求，整个青铜艺术亦然。审美、艺术日益从巫术与宗教的笼罩下解放出来，正如整个社会生活日益从早期宗法制保留的原始公社结构体制下解放出来一样。但是这样一来，作为时代镜子的青铜艺术也就走上了它的没落之途。"如火烈烈"的蛮野恐怖已成过去，理性的、分析的、细纤的、人间的意兴趣味和时代风貌日渐蔓延。作为祭祀的青铜礼器也日益失去其神圣光彩和威吓力量。无论造型或纹饰，青铜器都在变化。

　　迄今国内关于这个问题可资遵循的材料，仍然是郭沫若三十年代的分期。郭指出殷周青铜器可分为四期。

　　第一期是"滥觞期"，青铜初兴，粗制草创，纹饰简陋，乏美可赏。

　　第二期为"勃古期"（"殷商后期及周初成康昭穆之世"）。这个时期的器物"为向来嗜古者所宝重。其器多鼎……形制率厚重。其有纹缋者，刻镂率深沉，多于全身雷纹之中，施以饕餮纹。夔凤，夔龙，象纹等次之。大抵以雷纹饕餮为纹缋之领导。……饕餮，夔龙，夔凤，均想象中之奇异动物。……象纹，率经幻想化而非写实"[1]。这也就是上面讲过的青铜艺术的成熟期，也是最具有审美价值的青铜艺术品。它以中国特有的三足器——鼎为核心代表，器制沉雄厚实，纹饰狞厉

---

1. 郭沫若：《青铜时代·彝器形象学试探》。

|古父己卣，西周，上海博物馆

|伯矩鬲，西周，首都博物馆

神秘，刻镂深重凸出。此外如殷器"古父己卣"，"颈部及圈足各饰夔纹，腹部饰以浮雕大牛头，双角翘起，突出器外，巨睛凝视，有威严神秘的风格。……铭文字体是典型的商代后期风格"[1]。如周器"伯矩鬲"，也同样是突出牛头、尖角，一派压力雄沉神秘之感。它们都是青铜艺术的美的标本。

第三期是"开放期"。郭沫若说："开放期之器物，……形制率较前期简便。有纹缋者，刻镂渐浮浅，多粗花。前期盛极一时之雷纹，几至绝迹。饕餮失其权威，多缩小而降低于附庸部位（如鼎簋等之足）。夔龙夔凤等，化为变相夔纹，盘夔纹，……大抵本期之器，已脱去神话传统之束缚。"[2] 与"铸器日趋简陋，勒铭亦日趋于简陋"相并行，这正是青铜时代的解体期。社会在发展，文明在跨进，生产力在提高，铁器和牛耕大量普及，保留有大量原始社会体制结构的早期宗法制走向衰亡。工商奴隶主和以政刑成文法典为标志的新兴势力、体制和变法运动代之而兴。社会的解体和观念的解放是连在一起的。怀疑论、无神论思潮在春秋已蔚为风气，殷周以来的远古巫术宗教传统在迅速褪色，失去其神圣的地位和纹饰的位置，再也无法用原始的、非理性的、不可言说的怖厉神秘来威吓、管辖和统治人们的身心了。所以，作为那个时代精神的艺术符号的青铜饕餮也"失其权威，多缩小而降低于附庸部位"了。中国古代社会在意识形态领域进入第一个理性主义的新时期。

第四期是"新式期"。新式期之器物"形式可分堕落式与精进式两种。堕落式沿前期之路线而益趋简陋，多无纹缋，……精进式，则轻灵而多奇构，纹缋刻镂更浅细，……器之纹缋多为同一印板之反复。纹样繁多，不主故常，与前二期之每成定式，大异其撰。其较习见者，

---

1. 文物出版社编著《中国古青铜器选》，文物出版社，1976，第123页。
2. 郭沫若：《青铜时代·彝器形象学试探》。

|错金银铜鼎，战国，洛阳博物馆

|错银铜双翼神兽，战国，河北博物院

为蟠螭纹，或蟠虺纹，乃前期蟠夔纹之精巧化也。有镶嵌错金之新奇，有羽人飞兽之跃进，附丽于器体之动物，多用写实形"[1]。

　　这一时期已是战国年代。这两种式样恰好准确地折射出当时新旧两种体系、力量和观念的消长兴衰，反映着旧的败亡和新的崛起。所谓无纹缋的"堕落式"，是旧有巫术宗教观念已经衰颓的反映；而所

---

1. 郭沫若：《青铜时代·彝器形象学试探》。

谓"轻灵多巧"的"精进式",则代表一种新的趣味、观念、标准和理想在勃兴。尽管它们还是在青铜器物、纹饰、形象上变换花样,但已具有全新的性质、内容和含义。它们已是另一种青铜艺术、另一种美了。

这种美在于,宗教束缚的解除,使现实生活和人间趣味更自由地进入作为传统礼器的青铜领域。手法由象征而写实,器形由厚重而轻灵,造型由严正而"奇巧",刻镂由深沉而浮浅,纹饰由简体、定式、神秘而繁复、多变、理性化。到战国,世间的征战,车马、戈戟等等,统统以接近生活的写实面貌和比较自由生动、不受拘束的新形式上了青铜器。

像近年出土的战国中山王墓的大量铜器就很标准。除了那不易变动的"中"形礼器还保留着古老图腾的狞厉威吓的特色外,其他都已经理性化、世间化了。玉器也逐渐失去远古时代的象征意义,而更多成为玩赏的对象,或赋予伦理的含意。你看那夔纹玉佩饰,你看那些

| 错金银四龙四凤铜方案座,战国,河北博物院

| 嵌错宴乐攻战纹铜壶，战国，四川博物院

浮雕石板，你看那颀长秀丽的长篇铭文，尽管它们仍属祭祀礼器之类，但已毫不令人惧畏、惶恐或崇拜，而只能使人惊讶、赞赏和抚爱。那四龙四凤铜方案座、十五连盏铜灯，制作是何等精巧奇异，真不愧为"奇构"，美得很。然而，却不能令人起任何崇高之感。尽管也有龙有凤，但这种龙、凤以及饕餮已完全失去其主宰人们、支配命运的历史威力，最多只具有某种轻淡的神怪意味以供人玩赏装饰罢了。战国青铜壶上许多著名的宴饮、水陆攻战纹饰，纹饰是那么肤浅，简直像浮在器面表层上的绘画，更表明一种全新的审美趣味、理想和要求在广为传播。其基本特点是对世间现实生活的肯定，对传统宗教束缚的挣脱，是观念、情感、想象的解放。青铜器上充满了各种活泼的人间图景：仅在一个铜壶表面上，"第一层右方是采桑，左方是习射及狩猎。第二层左方是射雁，……右方是许多人饮宴于楼上，楼下的一个女子在歌舞，旁有奏乐者相伴，有击磬的、有击钟的，……第三层左方是水战，右

方是攻防战，一面是坚壁防守，一面是用云梯攻城"[1]。你看那引满的弓、游动的鱼、飞行的鸟、荷戟的人……正如前述中山王墓中的十五连盏铜灯等青铜器已是汉代"长信宫灯""马踏飞燕"等作品的直接前驱一样，这些青铜浅浮雕不也正是汉代艺术——例如著名的汉画像石的直接先导吗？它们更接近于汉代而不接近殷周，尽管它们仍属于青铜艺术。这正像在社会性质上，战国更接近秦汉而大不同于殷、周（前期）一样。

然而，当青铜艺术只能作为表现高度工艺技巧水平的艺术作品时，实际便已到它的终结之处。战国青铜巧则巧矣，确乎可以炫人心目，但如果与前述那种狞厉之美的殷周器物一相比较，则力量之厚薄，气魄之大小，内容之深浅，审美价值之高下，就判然有别。十分清楚，人们更愿欣赏那狞厉神秘的青铜饕餮的崇高美，它们毕竟是那个"如火烈烈"的社会时代精神的美的体现。它们才是青铜艺术的真正典范。

1. 杨宗荣编《战国绘画资料》，中国古典艺术出版社，1957，第7页。

儒道互补

赋比兴原则

建筑艺术

三

先秦理性精神

秦陵兵马俑，秦，秦始皇帝陵博物院

　　所谓"先秦"，一般均指春秋战国而言。它以氏族公社基本结构解体为基础，是中国古代社会最大的激剧变革时期。在意识形态领域，也是最为活跃的开拓、创造时期，百家蜂起，诸子争鸣。其中所贯穿的一个总思潮、总倾向，便是理性主义。正是它承先启后，一方面摆脱原始巫术宗教的种种观念传统，另方面开始奠定汉民族的文化－心理结构。就思想、文艺领域说，这主要表现为以孔子为代表的儒家学说，以庄子为代表的道家，则做了它的对立和补充。儒道互补是两千多年来中国思想一条基本线索。

　　汉文化所以不同于其他民族的文化，中国人所以不同于外国人，中华艺术所以不同于其他艺术，其思想来由仍应追溯到先秦孔学。不管是好是坏，是批判还是继承，孔子在塑造中国民族性格和文化－心理结构上的历史地位，已是一种难以否认的客观事实。[1] 孔学在世界上成为中国文化的代名词，并非偶然。

　　孔子所以取得这种历史地位是与他用理性主义精神来重新解释古代原始文化——"礼乐"分不开的。他把原始文化纳入实践理性的统辖之下。所谓"实践理性"，是说把理性引导和贯彻在日常现实世间生活、伦常感情和政治观念中，而不做抽象的玄思。继孔子之后，孟、

---

1. 参看拙作：《孔子再评价》，《中国社会科学》1980 年第 2 期。

荀完成了儒学的这条路线。

　　这条路线的基本特征是：怀疑论或无神论的世界观和对现实生活积极进取的人生观。它以心理学和伦理学的结合统一为核心和基础。孔子答宰我"三年之丧"，把这一点表现得非常明朗：

　　　　宰我问："三年之丧，期已久矣。君子三年不为礼，礼必坏；三年不为乐，乐必崩。旧谷既没，新谷既升，钻燧改火，期可已矣。"子曰："食夫稻，衣夫锦，于女安乎？"曰："安。""女安，则为之！夫君子之居丧，食旨不甘，闻乐不乐，居处不安，故不为也。今女安，则为之！"宰我出。子曰："予之不仁也！子生三年，然后免于父母之怀。夫三年之丧，天下之通丧也，予也有三年之爱于其父母乎？"（《论语·阳货》）

　　且不管三年丧制是否儒家杜撰，这里重要的，是把传统礼制归结和建立在亲子之爱这种普遍而又日常的心理基础和原则之上。把一种本来没有多少道理可讲的礼仪制度予以实践理性的心理学的解释，从而也就把原来是外在的强制性的规范，改变而为主动性的内在欲求，把礼乐服务和服从于神，变而为服务和服从于人。孔子不是把人的情感、观念、仪式（宗教三要素[1]）引向外在的崇拜对象或神秘境界，相反，而是把这三者引导和消溶在以亲子血缘为基础的世间关系和现实生活之中，使情感不导向异化了的神学大厦和偶像符号，而将其抒发和满足在日常心理 – 伦理的社会人生中。这也正是中国艺术和审美的重要特征。《乐论》（荀子）与《诗学》（亚里士多德）的中西差异

---

1. 参看普列汉诺夫："可以给宗教下一个这样的定义：宗教是观念、情绪和活动的相当严整的体系。观念是宗教的神话因素，情绪属于宗教感情领域，而活动则属于宗教礼拜方面，换句话说，属于宗教仪式方面。"（《论俄国的所谓宗教探寻》，载《普列汉诺夫哲学著作选集 第 3 卷》，生活·读书·新知三联书店，1962，第 363 页）

（一个强调艺术对于情感的构建和塑造作用，一个重视艺术的认识模拟功能和接近宗教情绪的净化作用），也由此而来。中国重视的是情、理结合，以理节情的平衡，是社会性、伦理性的心理感受和满足，而不是禁欲性的官能压抑，也不是理智性的认识愉快，更不是具有神秘性的情感迷狂（柏拉图）或心灵净化（亚里士多德）。

与"礼"被重新解释为"仁"（孔子）、为"仁政"、为"人皆有不忍人之心"（孟子）一样，"乐"也被重新做了一系列实践理性的规定和解释，使它从原始巫术歌舞中解放出来："礼云礼云，玉帛云乎哉？乐云乐云，钟鼓云乎哉？"（《论语·阳货》）"乐则生矣，生则恶可已也，恶可已则不知足之蹈之手之舞之。"（《孟子·离娄上》）"口之于味也，有同耆焉；耳之于声也，有同听焉；目之于色也，有同美焉。"（《孟子·告子上》）在这里，艺术已不是外在的仪节形式，而是（一）它必须诉之于感官愉快并具有普遍性；（二）与伦理性的社会感情相联系，从而与现实政治有关。这种由孔子开始的对礼乐的理性主义新解释，到荀子学派手里，便达到了最高峰。而《乐记》一书也就成了中国古代最早最专门的美学文献。

> 夫乐者，乐也，人情之所必不免也，故人不能无乐。……使其声足以乐而不流，使其文足以辨而不諰，使其曲直、繁省、廉肉、节奏足以感动人之善心，使夫邪污之气无由得接焉。（《荀子·乐论》）

> 凡音者，生人心者也。情动于中，故形于声，声成文，谓之音。是故治世之音安以乐，其政和；乱世之音怨以怒，其政乖；亡国之音哀以思，其民困。声音之道，与政通矣。（《乐记·乐本》）

郭沫若说，"中国旧时的所谓'乐'（音同'岳'），它的内容包含得很广。音乐、诗歌、舞蹈，本是三位一体可不用说，绘画、雕镂、建筑等造型美术也被包含着，甚至于连仪仗、田猎、肴馔等都可以涵盖。所谓'乐'（音同'岳'）者，乐（音同'叻'）也，凡是使人快乐，使人的感官可以得到享受的东西，都可以广泛地称之为'乐'（音同'岳'）。但它是以音乐为其代表，是毫无问题的。"[1]可见《乐记》所总结提出的便不只是音乐理论而已，而是以音乐为代表的关于整个艺术领域的美学思想，把音乐以及各种艺术与官能（"目欲綦色，耳欲綦声，口欲綦味……"）和情感（"乐由中出""夫民有好恶之情而无喜怒之应则乱"）紧相联系，认为"仁近于乐，义近于礼"，"乐统同，礼辨异"，清楚指明了艺术-审美不同于理智制度等外在规范的内在情感特性，但这种情感感染和陶冶又是与现实社会生活和政治状态紧相关联的，"善民心，……其移风易俗"。

正因为重视的不是认识模拟，而是情感感受，于是，与中国哲学思想相一致，中国美学的着眼点更多不是对象、实体，而是功能、关系、韵律。从"阴阳"（以及后代的有无、形神、虚实等）、"和同"到气势、韵味，中国古典美学的范畴、规律和原则大都是功能性的。它们作为矛盾结构，强调得更多的是对立面之间的渗透与协调，而不是对立面的排斥与冲突。作为反映，强调得更多的是内在生命意兴的表达，而不在模拟的忠实、再现的可信。作为效果，强调得更多的是情理结合、情感中潜藏着智慧以得到现实人生的和谐和满足，而不是非理性的迷狂或超世间的信念。作为形象，强调得更多的是情感性的优美（"阴柔"）和壮美（"阳刚"），而不是宿命的恐惧或悲剧性的崇高。所有这些中国古典美学的"中和"原则和艺术特征，都无不可以追溯到先秦理性精神。

理性精神是先秦各派的共同倾向。名家搞逻辑，法家倡刑名，都表现出这一点。其中，与美学-艺术领域关系更大和影响深远的，除儒学外，要推以庄子为代表的道家。道家作为儒家的补充和对立面，

---

1. 郭沫若：《青铜时代·公孙尼子与其音乐理论》。

相反相成地在塑造中国人的世界观、人生观、文化心理结构和艺术理想、审美兴趣上，与儒家一道，起了决定性的作用。

还要从孔子开始。孔子世界观中的怀疑论因素和积极的人生态度（"敬鬼神而远之，可谓知矣""知其不可而为之"等等），一方面终于发展为荀子、《易传》的乐观进取的无神论（"制天命而用之""天行健，君子以自强不息"），另方面则演化为庄周的泛神论。孔子对氏族成员个体人格的尊重（"三军可夺帅也，匹夫不可夺志也"），一方面发展为孟子的伟大人格理想（"富贵不能淫，贫贱不能移，威武不能屈"），另方面也演化为庄子的遗世绝俗的独立人格理想（"彷徨乎尘垢之外，逍遥乎无为之业"）。表面看来，儒、道是离异而对立的，一个入世，一个出世；一个乐观进取，一个消极退避，但实际上它们刚好相互补充而协调。不但"兼济天下"与"独善其身"经常是后世士大夫的互补人生路途，而且悲歌慷慨与愤世嫉俗，"身在江湖"而"心存魏阙"，也成为中国历代知识分子的常规心理以及其艺术意念。但是，儒、道又毕竟是离异的。如果说荀子强调的是"无伪则性不能自美"，那么庄子强调的却是"天地有大美而不言"。前者强调艺术的人工制作和外在功利，后者突出的是自然，即美和艺术的独立。如果前者由于以其狭隘实用的功利框架，经常造成对艺术和审美的束缚、损害和破坏，那么，后者则恰恰给予这种框架和束缚以强有力的冲击、解脱和否定。浪漫不羁的形象想象，热烈浪漫的情感抒发，独特个性的追求表达，它们从内容到形式不断给中国艺术发展提供新鲜的动力。庄子尽管避弃现世，却并不否定生命，而毋宁对自然生命抱着珍贵爱惜的态度，这使他的泛神论的哲学思想和对待人生的审美态度充满了感情的光辉，恰恰可以补充、加深儒家而与儒家一致。所以说，老庄道家是孔学儒家的对立的补充者。

"可以言论者，物之粗也；可以意致者，物之精也；言之所不能论，意之所不能察致者，不期精粗焉。"（《庄子·秋水》）"世之所贵道者，书也。书不过语，语有贵也。语之所贵者意也，意有所随。意之所随者，不可以言传也，而世因贵言传书。世虽贵之，我犹不足贵也，为其贵非其贵也。"（《庄子·天道》）这些似乎神秘的说法，却比儒家以及其他任何派别更抓住了艺术、审美和创作的基本特征：形象大于思想；想象重于概念；大巧若拙，言不尽意；用志不纷，乃凝于神。儒家强调的是官能、情感的正常满足和抒发（审美与情感、官能有关），是艺术为社会政治服务的实用功利；道家强调的是人与外界对象的超功利的无为关系亦即审美关系，是内在的、精神的、实质的美，是艺术创造的非认识性的规律。如果说，前者（儒家）对后世文艺的影响主要在主题内容方面，那么，后者则更多在创作规律方面，亦即审美方面。而艺术作为独特的意识形态，重要性恰恰是其审美规律。

（二）赋比兴原则

　　如果说，诉诸感官知觉的审美形式的各艺术部类在旧、新石器时代便有了开端，那么，以概念文字为材料，诉诸想象的艺术－文学的发生发展却要晚得多。尽管甲骨（卜辞）、金文（钟鼎铭文）以及《易经》的某些经文、《诗经》的《雅》（《大雅》）、《颂》都含有具有审美意义的片断文句，但它们未必能算真正的文学作品。"虞、夏之书浑浑尔，《商书》灏灏尔，《周书》噩噩尔。"（扬雄：《法言》）这些古老文字毕竟难以卒读，不可能唤起人们对它们的审美感受。真正可以作为文学作品看待的，仍然要首推《诗经》中的《国风》和先秦诸子的散文。原始文字由记事、祭神变而为抒情、说理，刚好是春秋战国或略早的产物。它们以艺术的形式共同体现了那个时代的理性精神。《诗经·国风》中的"民间"恋歌和氏族贵族们的某些咏叹，奠定了中国诗的基础及其以抒情为主的基本美学特征：

　　泛彼柏舟，亦泛其流。耿耿不寐，如有隐忧。……我心匪石，不可转也。我心匪席，不可卷也。威仪棣棣，不可选也。忧心悄悄，愠于群小。觏闵既多，受侮不少。静言思之，寤辟有摽。（《邶风·柏舟》）

　　彼黍离离，彼稷之苗。行迈靡靡，中心摇摇。知我者谓我心忧，不知我者谓我何求。悠悠苍天，此何人哉！（《王风·黍离》）

　　风雨凄凄，鸡鸣喈喈。既见君子，云胡不夷！风雨潇潇，鸡鸣胶胶。既见君子，云胡不瘳！风雨如晦，鸡鸣不已。既见君子，云胡不喜！（《郑

风·风雨》）

蒹葭苍苍，白露为霜。所谓伊人，在水一方。溯洄从之，道阻且长。
溯游从之，宛在水中央。（《秦风·蒹葭》）

昔我往矣，杨柳依依；今我来思，雨雪霏霏。行道迟迟，载渴载饥。
我心伤悲，莫知我哀！（《小雅·采薇》）

虽然这些诗篇中所咏叹、感喟、哀伤的具体事件或内容已很难知晓，
但它们所传达出来的那种或喜悦或沉痛的真挚情感和塑造出来的生动
真实的艺术形象，那种一唱三叹反复回环的语言形式和委婉而悠长的
深厚意味，不是至今仍然感人的吗？它们不同于其他民族的古代长篇
叙事史诗，而是一开始就以这种虽短小却深沉的实践理性的抒情艺术
感染着、激励着人们。它们从具体艺术作品上体现了中国美学的民族
特色。

也正是从《诗经》的这许多具体作品中，后人归纳出了所谓"赋、
比、兴"的美学原则，影响达两千余年之久。最著名、流行最广的是
朱熹对这一原则的解释："赋者，敷陈其事而直言之者也。""比者，
以彼物比此物也。""兴者，先言他物以引起所咏之词也。"（《诗
经集传》）古人和今人对此又有颇为繁多的说明。因为"赋"比较单
纯和清楚，便大都集中在"比""兴"问题的讨论上。因为所谓"比""兴"
与如何表现情感才能成为艺术这一根本问题有关。

中国文学（包括诗与散文）以抒情胜。然而并非情感的任何抒发
表现都能成为艺术。主观情感必须客观化，必须与特定的想象、理解
相结合统一，才能构成具有一定普遍必然性的艺术作品，产生相应的
感染效果。所谓"比""兴"正是这种使情感与想象、理解相结合而
得到客观化的具体途径。

《文心雕龙》说："比者，附也；兴者，起也。""起情故兴体
以立，附理故比例以生。"钟嵘《诗品》说："文已尽而意有余，兴也；
因物喻志，比也。"实际上，"比""兴"经常连在一起，很难绝对

区分。"比""兴"都是通过外物、景象而抒发、寄托、表现、传达情感和观念（"情""志"），这样才能使主观情感与想象、理解（无论对比、正比、反比，其中就都包含一定的理解成分）结合联系在一起，而得到客观化、对象化，构成既有理智不自觉地干预而又饱含情感的艺术形象。使外物景象不再是自在的事物自身，而染上一层情感色彩；情感也不再是个人主观的情绪自身，而成为融合了一定理解、想象后的客观形象。这样，也就使文学形象既不是外界事物的直接模拟，也不是主观情感的任意发泄，更不是只诉诸概念的理性认识；相反，它成为非概念所能穷尽，非认识所能囊括（"言有尽而意无穷"），具有情感感染力量的艺术形象和文学语言。王夫之说："《小雅·鹤鸣》之诗，全用比体，不道破一句。"（《姜斋诗话》）所谓"不道破一句"，一直是中国美学重要标准之一。司空图《诗品》所谓"不着一字，尽得风流"，严羽《沧浪诗话》所谓"羚羊挂角，无迹可求"等等，都是指的这种非概念所能穷尽、非认识所能囊括的艺术审美特征。这种特征正是通过"比兴"途径将主观情感与客观景物合而为一的产物。《诗经》在这方面做出了最早的范例，从而成为百代不祧之祖。明代李东阳说："诗有三义，赋止居一，而比兴居其二。所谓比与兴者，皆托物寓情而为之者也。盖正言直述，则易于穷尽，而难于感发。惟有所寓托，形容摹写，反复讽咏，以俟人之自得，言有尽而意无穷，则神爽飞动，手舞足蹈而不自觉。此诗之所以贵情思，而轻事实也。"（《怀麓堂诗话》）

这比较集中而清楚地说明了"比""兴"对诗（艺术）的重要性正在于它如上述是情感、想象、理解的综合统一体。"托物寓情""神爽飞动"胜于"正言直述"，因为后者易流于概念性认识而言尽意尽。即便是对情感的"正言直述"，也常常可以成为一种概念认识而并不起感染作用。"啊，我多么悲哀哟"，并不成其为诗，反而只是概念。直接表达情感也需要在"比兴"中才能有审美效果。所以后代有所谓"以景结情"，所谓"以乐景写哀，以哀景写乐，一倍增其哀乐"（《姜斋诗话》）等等理论，就都是沿着这条线索（情感借景物而客观化，情感包含理解、想象于其中）而来的。

可见，所谓"比""兴"应该从艺术创作的作品形象特征方面予以美学上的原则阐明，而不能如古代注释家们那样去细分死抠。但是，在这种细分死抠中，有一种历史意义而值得注意的，是汉代经师们把"比""兴"与各种社会政治和历史事件联系起来的穿凿附会。这种附会从两汉唐宋到明清一直流传。例如把《诗经》第一首《关雎》说成是什么"后妃之德"等等，就是文艺思想较开明的朱熹也曾欣然同意。这种把艺术等同于政治谜语的搞法，当然是十足的主观猜想和比附。但是这种搞法从总体上看，又有其一定的原因。这个原因是历史性的。汉儒的这种穿凿附会，是不自觉地反映了原始诗歌由巫史文化的宗教政治作品过渡为抒情性的文学作品这一重要的历史事实。本来，所谓"诗言志"，实际上即是"载道"[1]和"记事"[2]，就是说，远古的所谓"诗"本来是一种氏族、部落、国家的历史性、政治性、宗教性的文献，并非个人的抒情作品。很多材料说明，"诗"与"乐"本不可分，原是用于祭神、庆功的，《大雅》和《颂》就仍有这种性质和痕迹。但到《国风》时期，却已是古代氏族社会解体、理性主义高涨、文学艺术相继从祭神礼制中解放出来和相对独立的时代，它们也就不再是宗教政治的记事、祭神等文献，汉儒再用历史事实等等去附会它，就不对了。只有从先秦总的时代思潮来理解，才能真正看出这种附会的客观根源和历史来由，从对这种附会的历史理解中，恰好可以看出文学（诗）从宗教、记事、政治文献中解放出来，而成为抒情艺术的真正面目。

关于"赋"，受到人们的注意和争论较少。它指的是白描式的记事、

---

1. 参看朱自清：《诗言志辨》。
2. 参看蒙文通：《周代学术发展论略》，《学术月刊》1962年第10期。

状物、抒情、表意，特别是指前者。如果说，《诗经·国风》从远古记事、表意的宗教性的混沌复合体中分化出来，成为抒情性的艺术，以"比兴"为其创作方法和原则的话，那么先秦散文则在某种特定意义上，也可以说作为体现"赋"的原则，使自己从这个复合体中分化解放出来，成为说理的工具。但是，这些说理文字之中却居然有一部分能构成为文学作品，又仍然是上述情感规律在起作用的缘故。正是后者，使虽然缺乏足够的形象性的中国古代散文，由于具有所谓"气势""飘逸"等等审美素质，而成为后人长久欣赏、诵读和模仿的范本。当然，有些片断是有形象性的，例如《论语》《孟子》《庄子》中的某些场景、故事和寓言，《左传》中的某些战争记述。但是，像《孟》《庄》以至《荀》《韩》以及《左传》，它们之所以成为文学范本，却大抵并不在其形象性。相反，是它们说理论证的风格气势，如孟文的浩荡，庄文的奇诡，荀文的谨严，韩文的峻峭，才是使其成为审美对象的原因。而所谓"浩荡""奇诡""谨严""峻峭"云云者，不都是在遣词造句的文字安排中，或包含或传达出某种特定的情感、风貌或品格吗？在这里，仍然是情感性比形象性更使它们具有审美 – 艺术性能之所在。这也是中国艺术和文学（包括诗与散文）作品显示得相当突出的民族特征之一，与上节所说中国《乐记》不同于欧洲《诗学》在美学理论上的差异是完全合拍一致的。总之，在散文文学中，也仍然需要情感与理解、想象多种因素和心理功能的统一交融。只是与诗比起来，其理解因素更为突出罢了。

梁惠王曰："寡人愿安承教。"孟子对曰："杀人以梃与刃，有以异乎？"曰："无以异也。""以刃与政，有以异乎？"曰："无以异也。"曰："庖有肥肉，厩有肥马，民有饥色，野有饿莩，此率兽而食人也。兽相食，且人恶之，为民父母，行政不免于率兽而食人，恶在其为民父母也？"（《孟子·梁惠王上》）

北冥有鱼，其名为鲲。鲲之大，不知其几千里也。化而为鸟，其

名为鹏。鹏之背，不知其几千里也。怒而飞，其翼若垂天之云。（《庄子·逍遥游》）

这里都是在说理，说的或是政治之理（孟），或是哲学之理（庄）。但是，孟文以相当整齐的排比句法为形式，极力增强它的逻辑推理中的情感色彩和情感力量，从而使其说理具有一种不可阻挡的"气势"。庄文以奇特夸张的想象为主线，以散而整的句法为形式，使逻辑议论溶解在具体形象中而使其说理具有一种高举远慕式的"飘逸"。它们不都正是情感、理解、想象诸因素的不同比例的配合或结合吗？不正是由于充满了丰富饱满的情感和想象，而使其说理、辩论的文字终于成为散文文学的吗？它们与前述中国诗歌的民族美学特征不又仍是一脉相通的吗？

（三）建筑艺术

　　如同诗文中的情感因素一样，前面几章已说，在造型艺术部类，线的因素体现着中国民族的审美特征。线的艺术又恰好是与情感有关的。正如音乐一样，它的重点也是在时间过程中展开的。又如本章前节所说，这种情感抒发大都在理性的渗透、制约和控制下，表现出一种情感中的理性的美。所有这些特征也在一定程度和意义上出现在以抽象的线条、体积为审美对象的建筑艺术中，同样展现出中国民族在审美上的某些基本特色。

　　从新石器时代的半坡遗址等处来看，方形或长方形的土木建筑体制便已开始，它终于成为中国后世主要建筑形式。与世界许多古文明不同，不是石建筑而是木建筑成为中国一大特色，为什么？似乎至今并无解答。在《诗经》等古代文献中，有"如翚斯飞""作庙翼翼"之类的描写，可见当时木建筑已颇具规模，并且具有审美功能。从"翼翼""斯飞"来看，大概已有舒展如翼、四宇飞张的艺术效果。但是，对建筑的审美要求达到真正高峰，则要到春秋战国时期。这时随着社会进入新阶段，一股所谓"美轮美奂"的建筑热潮盛极一时地蔓延开来。不只是为避风雨而且追求使人赞叹的华美，日益成为新兴贵族们的一种重要需要和兴趣所在。《左传》《国语》中便有好些记载，例如"美哉室！其谁有此乎"（《左传·昭公二十六年》），"台美夫"（《国语·楚语上》）。《墨子·非攻》说吴王夫差筑姑苏之台七年不成，《左传·庄公三十一年》有春夏秋三季筑台的记述，《国语·齐语》有齐襄公筑台的记述，如此等等。

这股建筑热潮大概到秦始皇并吞六国后大修阿房宫而达到最高点。据文献记载，两千余年前的秦代宫殿建筑是相当惊人的：

> 秦每破诸侯，写放其宫室，作之咸阳北阪上。南临渭，自雍门以东至泾渭，殿屋复道周阁相属。

> 始皇以为咸阳人多，先王之宫廷小，……乃营作朝宫渭南上林苑中。先作前殿阿房，东西五百步，南北五十丈，上可以坐万人，下可以建五丈旗。周驰为阁道，自殿下直抵南山。表南山之颠以为阙。（《史记·秦始皇本纪》）

从这种文字材料可以看出，中国建筑最大限度地利用了木结构的可能和特点，一开始就不是以单一的独立个别建筑物为目标，而是以空间规模巨大、平面铺开、相互连接和配合的群体建筑为特征的。它重视的是各个建筑物之间的平面整体的有机安排。当年的地面建筑已不可见，但地下始皇陵的规模格局也清晰地表明了这一点。从现在发掘的极为片断的陵的前沿兵马俑坑情况看，那整个场面简直是不可思议地雄伟壮观。从这些陶俑的身材状貌直到建筑材料（秦砖）的厚大坚实，也无不显示出那难以想象的宏大气魄。这完全可以与埃及金字塔相媲美。不同的是，它是平面展开的整体复杂结构，而不是一座座独立自足的向上堆起的比较单纯的尖顶。

"百代皆沿秦制度"，建筑亦然。它的体制、风貌大概始终没有脱离先秦奠定下来的这个基础规范。秦汉、唐宋、明清建筑艺术基本保持了和延续着相当一致的美学风格。

这个艺术风格是什么呢？简单说来，仍是本章所讲的作为中国民族特点的实践理性精神。

首先，各民族主要建筑多半是供养神的庙堂，如希腊神殿、伊斯兰建筑、哥特式教堂等等。中国主要大都是宫殿建筑，即供世上活着

| 秦陵兵马俑，秦，秦始皇帝陵博物院

的君主们所居住的场所，大概从新石器时代的所谓"大房子"开始，中国的祭拜神灵即在与现实生活紧相联系的世间居住的中心，而不在脱离世俗生活的特别场所。自儒学替代宗教之后，在观念、情感和仪式中，更进一步发展贯彻了这种神人同在的倾向。于是，不是孤立的、摆脱世俗生活、象征超越人间的出世的宗教建筑，而是入世的、与世间生活环境连在一起的宫殿宗庙建筑，成了中国建筑的代表。从而，不是高耸入云、指向神秘的上苍观念，而是平面铺开、引向现实的人间联想；不是可以使人产生某种恐惧感的异常空旷的内部空间，而是平易的、非常接近日常生活的内部空间组合；不是阴冷的石头，而是暖和的木质，等等，构成中国建筑的艺术特征。在中国建筑的空间意识中，不是去获得某种神秘、紧张的灵感、悔悟或激情，而是提供某种明确、实用的观念情调。正如中国绘画理论所说，山水画有"可望""可游""可居"种种，但"可游""可居"胜过"可望""可行"（参看本书"宋元山水意境"）。中国建筑也同样体现了这一精神。即是说，

| 隆兴寺，始建于隋开皇六年，河北正定

| 太和殿，始建于明永乐四年，北京

它不重在强烈的刺激或认识，而重在生活情调的感染熏陶，它不是一礼拜才去一次的灵魂洗涤之处，而是能够经常瞻仰或居住的生活场所。在这里，建筑的平面铺开的有机群体，实际已把空间意识转化为时间进程，就是说，不是像哥特式教堂那样，人们突然一下被扔进一个巨大幽闭的空间中，感到渺小恐惧而祈求上帝的保护。相反，中国建筑的平面纵深空间，使人慢慢游历在一个复杂多样楼台亭阁的不断进程中，感受到生活的安适和环境的和谐。瞬间直观把握的巨大空间感受，在这里变成长久漫游的时间历程。实用的、入世的、理智的、历史的因素在这里占着明显的优势，从而排斥了反理性的迷狂意识。正是这种意识构成许多宗教建筑的审美基本特征。

中国的这种理性精神还表现在建筑物严格对称结构上，以展现严肃、方正、井井有条（理性）。所以，就单个建筑来说，比起基督教、伊斯兰教和佛教建筑来，它确乎相对低矮，比较平淡，应该承认逊色一筹。但就整体建筑群说，它却结构方正，透迤交错，气势雄浑。它

| 故宫建筑群，始建于明永乐四年，北京

| 金山岭长城，始建于明洪武年间，河北滦平

不是以单个建筑物的体状形貌，而是以整体建筑群的结构布局、制约配合而取胜。非常简单的基本单位却组成了复杂的群体结构，形成在严格对称中仍有变化，在多样变化中又保持统一的风貌。即使像万里长城，虽然不可能有任何严格对称之可言，但它的每段体制则是完全雷同的。它盘缠万里，虽不算高大却连绵于群山峻岭之巅，像一条无尽的龙蛇在做永恒的飞舞。它在空间上的连续本身即展示了时间中的绵延，成了我们民族的伟大活力的象征。

这种本质上是时间进程的流动美，在个体建筑物的空间形式上，也同样表现出来，这方面又显出线的艺术特征，因为它是通过线来做到这一点的。中国木结构建筑的屋顶形状和装饰，占有重要地位，屋顶的曲线，向上微翘的飞檐（汉以后），使这个本应是异常沉重的往

| 飞檐

下压的大帽，反而随着线的曲折，显出向上挺举的飞动轻快，配以宽厚的正身和阔大的台基，使整个建筑安定踏实而毫无头重脚轻之感，体现出一种情理协调、舒适实用、有鲜明节奏感的效果，而不同于欧洲或伊斯兰以及印度建筑。就是由印度传来的宗教性质的宝塔，正如同传来的雕塑壁画一样（参看本书"佛陀世容"），也终于中国化了。它不再是体积的任意堆积而繁复重累，也不是垂直一线上下同大，而表现为一级一级的异常明朗的数学整数式的节奏美。这使它便大不同于例如吴哥寺那种繁复堆积的美。如果拿相距不远的西安大小雁塔来比，就可以发现，大雁塔更典型地表现出中国式的宝塔的美。那节奏异常单纯而分明的层次，那每个层次之间的疏朗的、明显的差异比例，与小雁塔各层次之间的差距小而近，上下浑如一体，大不相同。后者尽管也中国化了，但比较起来，恐怕更接近于异域的原本情调吧。同样，如果拿 1968 年在北京发现的元代城门和人们熟悉的明代城门来比，这种民族建筑的艺术特征也很明显。元代城门以其厚度薄而倾斜度略大

| 吴哥寺，柬埔寨暹粒

| 大雁塔，始建于唐永徽三年，
  陕西西安

| 小雁塔，始建于唐景龙年间，陕西西安

| 拙政园，始建于明正德年间，江苏苏州

的形象，便自然具有某种异国风味，例如它似乎有点近于伊斯兰的城门。明代城门和城墙（特别像南京城的城墙）则相反，它厚实直立而更显雄浑。尽管这些都已是后代的发展，但基本线索仍要追溯到先秦理性精神。

也由于是世间生活的宫殿建筑，供享受游乐而不只供崇拜顶礼之用，从先秦起，中国建筑便充满了各种供人自由玩赏的精细的美术作品（绘画、雕塑）。《论语》中有"山节藻棁""朽木不可雕也"，从汉赋中也可以看出当时建筑中绘画雕刻的繁富。斗拱、飞檐的讲究，门、窗形式的自由和多样，鲜艳色彩的极力追求，"金铺玉户""重轩镂槛""雕梁画栋"，是对它们的形容描述。延续到近代，也仍然如此。

"庭院深深深几许"，大概随着晚期封建社会中经济生活和意识形态的变化，园林艺术日益发展。显示威严庄重的宫殿建筑的严格的对称性被打破，迂回曲折、趣味盎然、以模拟和接近自然山林为目标的建筑美出现了。空间有畅通，有阻隔，变化无常，出人意料，可以引动更多的想象和情感，"山重水复疑无路，柳暗花明又一村"。这种仍然是以整体有机布局为特点的园林建筑，却表现着封建后期文人士大夫们更为自由的艺术观念和审美理想。与山水画的兴起（参看本书"宋元山水意境"）大有关系，它希求人间的环境与自然界更进一步的联系，它追求人为的场所自然化，尽可能与自然合为一体。它通过各种巧妙的"借景""虚实"的种种方式、技巧，使建筑群与自然山水的美沟通汇合起来，而形成一个更为自由也更为开阔的有机整体的美。连远方的山水也似乎被收进这人为的布局中，山光、云树、帆影、江波都可以收入建筑之中，更不用说其中真实的小桥、流水、"稻香村"了。它们的浪漫风味更浓了。但在中国古代文艺中，浪漫主义始终没有太多越出古典理性的范围，在建筑中，它们也仍然没有离开平面铺展的理性精神的基本线索，仍然是把空间意识转化为时间过程；渲染表达的仍然是现实世间的生活意绪，而不是超越现实的宗教神秘。实际上，它是以玩赏的自由园林（道）来补足居住的整齐屋宇（儒）罢了。

四

楚汉浪漫主义

| 马王堆一号汉墓 T 形帛画，西汉，湖南博物院

（一）屈骚传统

当理性精神在北中国节节胜利，从孔子到荀子，从名家到法家，从铜器到建筑，从诗歌到散文，都逐渐摆脱巫术宗教的束缚，突破礼仪旧制的时候，南中国由于原始氏族社会结构有更多的保留和残存，便依旧强有力地保持和发展着绚烂鲜丽的远古传统。从《楚辞》到《山海经》[1]，从庄周到"宽柔以教，不报无道"的"南方之强"，在意识形态各领域，仍然弥漫在一片奇异想象和炽烈情感的图腾——神话世界之中。表现在文艺审美领域，这就是以屈原为代表的楚文化。

屈原是中国最早、最伟大的诗人。他"衣被词人，非一代也"（《文心雕龙》）。一个人对后世文艺起了这么深远的影响，确乎罕见。所以如此，正由于屈原的作品（包括归于他名下的作品）集中代表了一种根柢深沉的文化体系。这就是上面讲的充满浪漫激情、保留着远古传统的南方神话‐巫术的文化体系。儒家在北中国把远古传统和神话、巫术逐一理性化，把神人化，把奇异传说化为君臣父子的世间秩序。例如"黄帝四面"（四面脸）被解释为派四个大臣去"治四方"，黄帝活三百年被说成是三百年的影响，如此等等。在被孔子删定的《诗经》中，再也看不见这种"怪力乱神"的踪迹。然而，这种踪迹却非常活

1.《山海经》为南方产品，采蒙文通说。并参看顾颉刚近作《〈庄子〉和〈楚辞〉中昆仑和蓬莱两个神话系统的融合》，载《中华文史论丛》第10辑，上海古籍出版社，1979。

泼地保存在以屈原为代表的南国文化中。

在基本可以肯定是屈原的主要作品《离骚》中，你看，那是多么既鲜艳又深沉的想象和情感的缤纷世界啊！美人香草，百亩芝兰，芰荷芙蓉，芳泽衣裳，望舒飞廉，巫咸夕降，流沙毒水，八龙婉婉，而且：

> 忽反顾以游目兮，将往观乎四荒。佩缤纷其繁饰兮，芳菲菲其弥章。民生各有所乐兮，余独好修以为常。虽体解吾犹未变兮，岂余心之可惩？
>
> 朝发轫于苍梧兮，夕余至乎县圃。欲少留此灵琐兮，日忽忽其将暮。吾令羲和弭节兮，望崦嵫而勿迫。路曼曼其修远兮，吾将上下而求索。

在充满了神话想象的自然环境里，主人翁却是这样一位执着、顽强、忧伤、怨艾、愤世嫉俗、不容于时的真理的追求者。《离骚》把最为生动鲜艳、只有在原始神话中才能出现的那种无羁而多义的浪漫想象，与最为炽热深沉、只有在理性觉醒时刻才能有的个体人格和情操，最完满地溶化成了有机整体。由是，它开创了中国抒情诗的真正光辉的起点和无可比拟的典范。两千年来，能够在艺术水平上与之相比配的，可能只有散文文学《红楼梦》。

传说为屈原作品的《天问》，则大概是保留远古神话传统最多而又系统的文学篇章。它表现了当时时代意识因理性的觉醒正在由神话向历史过渡。神话和历史作为连续的疑问系列在《天问》中被提了出来，并包裹在丰富的情感和想象的层层交织中。"焉有石林？何兽能言？焉有虬龙，负熊以游？雄虺九首，倏忽焉在？何所不死？长人何守？"（《天问》）《离骚》《天问》和整个《楚辞》的《九歌》《九章》以及《九辩》《招魂》《大招》……构成了一个相当突出的南方文化的浪漫体系。实质上，它们是原始楚地的祭神歌舞的延续。汉代王逸《楚辞章句》解释《九歌》时说："昔楚南郢之邑，沅湘之间，其俗信鬼而好祀，其祠必作乐鼓舞以乐诸神。……因为作九歌之曲。"清楚说明了这一事实。王夫之解释《九辩》时说："辩，犹遍也。一阕谓之一遍。盖亦效夏启《九辩》之名，绍古体以为新裁，可以被之管弦。其词激宕淋漓，异于风雅，盖楚声也。后世赋体之兴，皆祖于此。"这段话也很重要，它点明了好几个关键问题。第一，它指出楚辞是"绍古体"，并且"古"到夏初去了，足见源远流长，其来有自，确乎是远古氏族社会的遗风延续和模拟。第二，它可以"被之管弦"，本是可歌可舞的。近人考证也都认为，像《九歌》等，很明显是一种有关巫术礼仪的祭神歌舞和音乐。所以它是集体的活动而非个人的创作。第三，"其词激宕淋漓，异于风雅"，亦即感情的抒发爽快淋漓，形象想象丰富奇异，还没受到严格束缚，尚未承受儒家实践理性的洗礼，从而不像所谓"诗教"之类有那么多的道德规范和理智约束。相反，原始的活力、狂放的意绪、无羁的想象在这里表现得更为自由和充分。第四，也是最重要的，它是汉代赋体文学的祖宗。

其实，汉文化就是楚文化，楚汉不可分。尽管在政治、经济、法律等制度方面，"汉承秦制"，刘汉王朝基本上是承袭了秦代体制，但是，在意识形态的某些方面，又特别是在文学艺术领域，汉却依然保持了南楚故地的乡土本色。汉起于楚，刘邦、项羽的基本队伍和核心成员大都来自楚国地区。项羽被围，"四面皆楚歌"；刘邦衣锦还乡唱《大风》；西汉宫廷中始终是楚声做主导，都说明这一点。楚汉文化（至少在文艺方面）一脉相承，在内容和形式上都有其明显的继承性和连续性，而不同于先秦北国。楚汉浪漫主义是继先秦理性精神之后，并与它相辅相成的中国古代又一伟大艺术传统。它是主宰两汉艺术的美学思潮。不了解这一关键，很难真正阐明两汉艺术的根本特征。

如果与《诗经》或先秦散文（庄子当然除外，庄子属南方文化体系，屈原有《远游》，庄则有《逍遥游》，屈庄近似之处早被公认）一相比较，两汉（又特别是西汉）艺术的这种不同风貌便很明显。在汉代艺术和人们观念中弥漫的，恰恰是从远古传留下来的种种神话和故事，它们几乎成了当时不可缺少的主题或题材，具有极大的吸引力。伏羲女娲的蛇身人首，西王母、东王公的传说和形象，双臂化为两翼的不死仙人王子乔，以及各种奇禽怪兽、赤兔金乌、狮虎猛龙、大象巨龟、猪头鱼尾……各各有其深层的喻意和神秘的象征。它们并不是以表面的动物世界的形象，相反，而是以动物为符号或象征的神话–巫术世界来作为艺术内容和审美对象的。从世上庙堂到地下宫殿，从南方的马王堆帛画到北国的卜千秋墓室，西汉艺术展示给我们的，恰恰就是《楚辞》《山海经》里的种种。天上、人间和地下在这里连成一气，混而不分。你看那马王堆帛画：龙蛇九日，鸱鸟飞鸣，巨人托顶，主仆虔诚……你看那卜千秋墓室壁画：女娲蛇身，面容姣好，猪头赶鬼[1]，神魔吃魃[2]，怪人怪兽，充满廊壁……它们明显地与《楚辞》中《远游》《招魂》等篇章中的形象和气氛相关。这是一个人神杂处、寥廓荒忽、怪诞奇异、猛兽众多的世界。请看《楚辞》中的《招魂》：

　　魂兮归来！东方不可以托<u>些</u>。长人千仞，惟魂是索<u>些</u>。十日代出，流金铄石<u>些</u>。

　　魂兮归来！南方不可以止<u>些</u>。……蝮蛇蓁蓁，封狐千里<u>些</u>。雄虺九首，往来倏忽，吞人以益其心<u>些</u>。

　　魂兮归来！西方之害，流沙千里<u>些</u>。旋入雷渊，靡散而不可止<u>些</u>。

　　魂兮归来！北方不可以止<u>些</u>。增冰峨峨，飞雪千里<u>些</u>。

　　魂兮归来！君无上天<u>些</u>。虎豹九关，啄害下人<u>些</u>。一夫九首，拔木九千<u>些</u>。豺狼从目，往来侁侁<u>些</u>。

　　魂兮归来！君无下此幽都<u>些</u>。土伯九约，其角觺觺<u>些</u>。敦脄血拇，逐人驱驱<u>些</u>。参目虎首，其身若牛<u>些</u>。

这里着意描绘的是一个恶兽伤人、不可停留的恐怖世界。在马王

---

1. 采孙作云说。见孙作云：《洛阳西汉卜千秋墓壁画考释》，《文物》1977 年第 6 期。
2. 同上。

| 女娲，卜千秋墓壁画，西汉，洛阳古墓博物馆

| 伏羲，卜千秋墓壁画，西汉，洛阳古墓博物馆

堆帛画、卜千秋墓室壁画中所着意描绘的，可能更是一个登仙祝福、祈求保护的肯定世界。它们共同地属于那充满了幻想、神话、巫术观念，充满了奇禽异兽和神秘的符号、象征的浪漫世界。它们把远古传统的原始活力和野性延续下来了。

从西汉到东汉，经历了汉武帝"罢黜百家，独崇儒术"的意识形态的严重变革。以儒学为标志、以历史经验为内容的先秦理性精神也日渐濡染侵入文艺领域和人们观念中，逐渐融成南北文化的混同合作。楚地的神话幻想与北国的历史故事，儒学宣扬的道德节操与道家传播的荒忽之谈，交织陈列，并行不悖地浮动、混合和出现在人们的意识观念和艺术世界中。生者、死者、仙人、鬼魅、历史人物、现世图景和神话幻想同时并陈，原始图腾、儒家教义和谶纬迷信共置一处……从而，这里仍然是一个想象混沌而丰富、情感热烈而粗豪的浪漫世界。

下面是几块（东）汉画像石的图景：

第一层刻的是：伏羲、女娲、祝融、神农、颛顼、高辛、帝尧、帝舜、夏禹、夏桀。

第二层刻的是：孝子曾参、闵子骞、老莱子、丁兰的故事。……

第三层刻的是刺客曹沫、专诸、荆轲的故事。……

第四层刻的是车马人物。[1]

画分四层：第一层是诸神骑着有翼的龙，在云中飞行。第二层自左而右：口中嘘气的是风伯，坐在车上击鼓的是雷公，抱着瓮瓶的是雨师，两个龙头下垂的环形是虹霓，虹上面拿着鞭子的是电女，虹下面拿着锤凿的是雷神击人。……第三层有七个人拿着兵器和农具在对几个怪兽做斗争。第四层是许多人在捕捉虎、熊、野牛等，……[2]

---

1. 常任侠辑《汉代绘画选集》，朝花美术出版社，1955，第2–3页。
2. 同上书，第4页。对雷公等解释疑有误，此处不辨。

比起马王堆帛画来，原始神话毕竟在相对地褪色。人世、历史和现实愈益占据重要的画面位置。这是社会发展文明进步的必然结果。但是，蕴藏着原始活力的传统浪漫幻想，却始终没有离开汉代艺术。相反，它们乃是楚汉艺术的灵魂。这一点不但表现在"琳琅满目的世界"的主题内容上，而且也表现在运动、气势和古拙的艺术风格上。

（二）琳琅满目的世界

　　尽管儒家和经学在汉代盛行，"厚人伦，美教化""惩恶扬善"被规定为从文学到绘画的广大艺术领域的现实功利职责，但汉代艺术的特点却恰恰是，它并没有受这种儒家狭隘的功利信条的束缚。刚好相反，它通过神话跟历史、现实和神、人与兽同台演出的丰满的形象画面，极有气魄地展示了一个五彩缤纷、琳琅满目的世界。这个世界是有意或无意地作为人的本质的对象化，作为人的有机或非有机的躯体而表现着的。它是人对客观世界的征服，这才是汉代艺术的真正主题。

　　首先，你看那神仙世界。它很不同于后代六朝时期的佛教迷狂（参看本书"佛陀世容"）。这里没有苦难的呻吟，而是愉快的渴望，是对生前死后都有永恒幸福的祈求。它所企慕的是长生不死，羽化登仙。从秦皇汉武多次派人寻仙和求不死之药以来，这个历史时期的人们并没有舍弃或否定现实人生的观念（如后代佛教）。相反，而是希求这个人生能够永恒延续，是对它的全面肯定和爱恋。所以，这里的神仙世界就不是与现实苦难相对峙的难及的彼岸，而是好像就存在于与现实人间相距不远的此岸之中。也由于此，人神杂处，人首蛇身（伏羲、女娲），豹尾虎齿（《山海经》中的西王母形象）的原始神话与真实的历史故事、现实人物之纷然一堂，同时并在，就并不奇怪。这是一个古代风味的浪漫王国。

　　但是，汉代艺术中的神仙观念又毕竟不同于远古图腾，也区别于青铜饕餮，它们不再具有在现实中的威吓权势，毋宁带着更浓厚的主观愿望的色彩。即是说，这个神仙世界已不是原始艺术中那种具有现实作用的力量，毋宁只具有想象意愿的力量。人的世界与神的世界不是在现实中而是在想象中，不是在理论思维中而是在艺术幻想中，保持着直接的交往和复杂的联系。原始艺术中的梦境与现实不可分割的人神同一，变而为情感、意愿在这个想象的世界里得到同一。它不是如原始艺术请神灵来威吓、支配人间，而毋宁是人们要到天上去参与和分享神的快乐。汉代艺术的题材、图景尽管有些是如此荒诞不经，迷信至极，但其艺术风格和美学基调既不恐怖威吓，也不消沉颓废，毋宁是愉快、乐观、积极和开朗的。人间生活的兴趣不但没有因向往神仙世界而零落凋谢，相反，是更为生意盎然，生机蓬勃，使天上也充满人间的乐趣，使这个神的世界也那么稚气天真。它不是神对人的征服，毋宁是人对神的征服。神在这里还没有作为异己的对象和力量，毋宁是人的直接伸延。

其次，与向往神仙相交织并列，是对现实世间的津津玩味和充分肯定。它一方面通过宣扬儒家教义和历史故事——表彰孝子、义士、圣君、贤相表现出来，另方面更通过对世俗生活和自然环境的多种描绘表现出来。如果说，神仙幻想是主体，那么它们便构成了汉代艺术的双翼。汉石刻中，历史故事非常之多。例如，"周公辅成王""荆轲刺秦王""聂政刺韩相""管仲射桓公""狗咬赵盾""蔺相如完璧归赵""侯嬴朱亥劫魏帅""高祖斩蛇""鸿门宴"……各种历史人物，从孔子到老莱子，从义士到烈女，从远古历史到汉代人物，无不品类齐全，应有尽有。其中，激情性、戏剧性的行为、人物和场景（例如行刺），更是兴趣和意念所在。尽管道德说教、儒学信条已浸入画廊，也仍然难以掩盖那股根柢深厚异常充沛的浪漫激情。

与历史故事在时间上的回顾相对映，是世俗生活在空间上的展开。那更是一幅幅极为繁多具体的现实图景。以最为著名的山东（武梁祠）、河南（南阳）、四川（成都）三处出土的汉画像石、画像砖为例：

管仲射小白、荆轲刺秦、女娲伏羲，武梁祠画像石（拓片），
嘉祥武氏墓群石刻博物馆

　　山东：关于现实生活的有宴乐、百戏、起居、庖厨、出行、狩猎以及战争之类，于是弄蛇角抵之戏，仪仗车马之盛，朝会大典，生活琐事，一切文物制度都一一摆在我们眼前了。[1]

　　图中描写了步战、骑战、车战和水战的各种情况。战斗中使用了弓矢、弩机、矛盾、干戈、剑戟等兵器。

　　左半部下两层描写的是车骑和庖厨。上层描写的是舞乐生活。图

---

1. 李浴编著《中国美术史纲》，人民美术出版社，1957，第66–67页。

中有男有女、有人弹琴、有人吹埙、有人吹篪，还有人在表演着杂技。

表现冶铁的劳动过程。自左而右，首先是熔冶，接着是锤凿，工人们紧张地集体地工作着（按：实即奴隶劳动）。

在丛林中野兽很多，农人们却在辛勤地垦荒。……一个人引牛，一个人扶犁，还有一个人正在执鞭呼喝着。[1]

河南：一、投壶图像，二、男女带侏儒舞，三、剑舞，四、象人或角抵，五、乐舞交作图像。[2]

四川：……又一方砖，上下分作两图，上图二人坐在水塘岸上，弯腰张弓射着水中惊飞起来的水鸟，有些鸟在水中做张翅欲飞之状，……水中的鱼和莲花以及岸上的枯树等，整个画面形成了一个完整而统一的整体。方砖的下图是一个农事的场面，……[3]

| 弋射收获画像石（拓片），东汉，成都博物馆

---

1. 常任侠辑《汉代绘画选集》，第4—5页。
2. 滕固：《南阳汉画像石刻之历史的及风格的考察》，转引自李浴书第61页。
3. 李浴编著《中国美术史纲》，第63页。

又如新近发现的山东嘉祥画像石：

第一石：纵 73 厘米、横 68 厘米。画分四层。

第一层，分上下两部分，正中坐者为东王公，他的两侧各有一组肩有双翅的羽人。左侧一人面鸟身像，从下石西王母之左有蟾蜍、玉兔之像的对应关系来看，似为日中之鸟。

第二层，分左、右两侧。左侧一组三人，中间一人抚琴。右侧一组亦三人，中间一人踏鼓而击，其余二人在舞蹈。

第三层，左边是一个两火眼灶，斜烟突，灶上放甑、釜，一男子跪坐在灶前烧火。灶旁悬挂猪腿、猪头、鱼、剥好的鸡、兔等。二男子持刀操作，下方有一妇女在洗刷。右方有一井，井旁一具桔槔，一女子正在汲水。桔槔立杆上悬挂一只狗（？），一男子持刀剥皮。全幅为庖厨供膳图。

第四层，前边是二骑者。后面有一辆曲辕轺车，上坐二人，车前一题榜，无字。

|宋山画像石第一石（拓片），东汉，
　山东嘉祥

|宋山画像石第四石（拓片），东汉，
　山东嘉祥

第四石：纵 69 厘米、横 67 厘米。画面只有三层。

上层，西王母头戴华胜，凭几而坐，神座下象征昆仑山峰。右方一裸体羽人，手举曲柄伞盖，西王母左右又有五个手持朱草的羽人，下方还有玉兔拿杵捣臼、蟾蜍捧盒、鸡首羽人持杯进玉泉等图像。

中层，似为众臣上朝之图。左方刻一个单层殿堂，王者面门而坐，柱外一人跪谒。殿堂前有一个斜梯，梯前一人荷物赤足登梯，身后相随一童；其后又有三人，一人亦有一儿童跟随。

下层，右方一辆单马轺车，曲辀，上面是二人立乘。车前一人荷戟(？)持管而吹，再前面是一骑吏。

第五石：纵 74 厘米、横 68 厘米。画分四层。

第一层，类似第一石的同层画面，但东王公左侧羽人手持三珠树。右侧一人面鸟身者，手持一针状物，似为一长发人做针灸状，或似扁鹊针治一事。

第二层，是孔子见老子的画像。老子在左边，手中拄一根弯头手杖，身后一随从。其前为一曲儿童，一手推一小车轮，举左手，面向孔子，应是项橐。孔子站在项橐和老子对面，躬身问礼，抬起的双袖上，饰

宋山画像石第五石（拓片），东汉，山东嘉祥

两个鸟头。孔子身后所随四人，应是颜回、子路等。

第三层，亦如第一石同层，为庖厨汲水图像。但井上不设桔槔，而装一辘轳，与第六石第三层井台汲水情况不同。

第四层，右方一轺车已停，车上只留御者一人。车前方一骑者抱锦囊，骑者前一人头戴进贤冠，躬身持板，疑即轺车主人。在他前面又有一坐在地上的女子。[1]

这不正是一个琳琅满目的世界吗？从幻想的神话中仙人们的世界，到现实人间的贵族们的享乐观赏的世界，到社会下层的劳动者艰苦耕作的世界。从天上到地下，从历史到现实，各种对象、各种事物、各种场景、各种生活，都被汉代艺术所注意，所描绘，所欣赏。上层的求仙、祭祀、宴乐、起居、出行、狩猎、仪仗、车马、建筑以及辟鬼、禳灾、庖厨等等。下层的收割、冶炼、屠宰、打柴、舂米、扛鼎、舞刀、走索、百戏等等。各种动物对象——从经人们驯服饲养的猪、牛、狗、马，到人所猎取捕获的雁、鱼、虎、鹿等等，各种人兽战斗、兽兽格斗，如"持矛刺虎""虎熊相斗""虎吃大牛"等等。如果再联系上面讲

| 舂米画像砖，东汉，中国国家博物馆

1. 嘉祥县武氏祠文管所：《山东嘉祥宋山发现汉画像石》，《文物》1979 年第 9 期。

| 观伎画像砖，东汉，中国国家博物馆　　　　| 酿酒画像砖，东汉，中国国家博物馆

的神话－历史故事、幻想的龙凤图腾……这不正是一个马驰牛走、鸟飞鱼跃、狮奔虎啸、凤舞龙潜、人神杂陈、百物交错，一个极为丰富、饱满、充满着非凡活力和旺盛生命而异常热闹的世界吗？

黑格尔《美学》曾说十七世纪荷兰小画派对现实生活中的各种场景和细节——例如一些很普通的房间、器皿、人物等等做那样津津玩味的精心描述，表现了荷兰人民对自己日常生活的热情和爱恋，对自己征服自然（海洋）的斗争的肯定和歌颂，因之在平凡中有伟大。汉代艺术对现实生活中多种多样的场合、情景、人物、对象甚至许多很一般的东西，诸如谷仓、火灶、猪圈、鸡舍等等，也都如此大量地、严肃认真地塑造刻画，尽管有的是做明器之用以服务于死者，也仍然反射出一种积极的对世间生活的全面关注和肯定。只有对世间生活怀有热情和肯定，并希望这种生活继续延续和保存，才可能使其艺术对现实的一切怀有极大兴趣去描绘、去欣赏、去表现，使它们一无遗漏地、全面地、丰满地展示出来。汉代艺术中如此丰富众多的题材和对象，在后世就难以再看到。正如荷兰小画派对日常世俗生活的玩味意味着对自己征服大海的现实存在的肯定一样，汉代艺术的这种丰富生活场景也同样意味着对自己征服世界的社会生存的歌颂。比起荷兰小画派来，它们的力量、气魄、价值和主题要远为宏伟巨大。这是一个幅员广大、人口众多、第一次得到高度集中统一的中华帝国的繁荣时期的艺术。

辽阔的现实图景、悠久的历史传统、邈远的神话幻想的结合，在一个琳琅满目五色斑斓的形象系列中，强有力地表现了人对物质世界和自然对象的征服主题。这就是汉代艺术的特征本色。

画像石（或砖）已经没有颜色，但在当时的建筑、雕塑、壁画上，却都是五彩斑斓的。今天不断发现的汉墓壁画和陶俑证实了这一点。后汉王延寿的《鲁灵光殿赋》描述当时地面建筑的雕塑绘画说："奔虎攫挐""虬龙腾骧""朱鸟舒翼""白鹿子蜺""神仙岳岳""玉女窥窗""图画天地，品类群生，杂物奇怪，山神海灵""五龙比翼，人皇九头；伏羲鳞身，女娲蛇躯""黄帝唐虞""轩冕以庸""忠臣孝子，烈士贞女。贤愚成败，靡不载叙"。

这不仍是上面所说的神话－历史－现实三混合的真正五彩浪漫的艺术世界吗？

与这种艺术相平行的文学，便是汉赋。它虽从楚辞脱胎而来，然而"不歌而诵谓之赋"，却已是脱离原始歌舞的纯文学作品了。被后代视为类书、字典、味同嚼蜡的这些皇皇大赋，其特征也恰好是上述

| 左：塑衣式彩绘文吏俑，西汉，汉景帝阳陵博物院
| 右：塑衣式彩绘侍女俑，西汉，汉景帝阳陵博物院

那同一时代精神的体现。"赋体物而浏亮",从《子虚》《上林》(西汉)到《两都》《二京》(东汉),都是状貌写景,铺陈百事,"包括宇宙,总览人物"的。尽管有所谓"讽喻劝戒",其实作品的主要内容和目的仍在极力夸扬、尽量铺陈天上人间的各类事物,其中又特别是现实生活中的各种环境事物和物质对象:山如何,水如何,树木如何,鸟兽如何,城市如何,宫殿如何,美女如何,衣饰如何,百业如何……充满了汉赋的不都是这种铺张描述吗:

> 建金城其万雉,呀周池而成渊,披三条之广路,立十二之通门。内则街衢洞达,闾阎且千,九市开场,货别隧分,人不得顾,车不得旋,阗城溢郭,傍流百廛,红尘四合,烟云相连。于是既庶且富,娱乐无疆,都人士女,殊异乎五方,游士拟于公侯,列肆侈于姬、姜。……
>
> 下有郑、白之沃,衣食之源,堤封五万,疆场绮分,沟塍刻镂,原隰龙鳞,决渠降雨,荷臿成云,五谷垂颖,桑麻敷棻。东郊则有通沟大漕,溃渭洞河,泛舟山东,控引淮、湖,与海通波。西郊则有上囿禁苑,林麓薮泽,陂池连乎蜀、汉,缭以周墙,四百余里,离宫别馆,三十六所,神池灵沼,往往而在。其中乃有九真之麟,大宛之马,黄支之犀,条支之鸟,逾昆仑,越巨海,殊方异类,至三万里。(班固:《两都赋》)

文学没有画面限制,可以描述更大更多的东西。壮丽山川、巍峨宫殿、辽阔土地,万千生民,都可置于笔下,汉赋正是这样。尽管是那样堆砌、重复、拙笨、呆板,但是江山的宏伟、城市的繁盛、商业的发达、物产的丰饶、宫殿的巍峨、服饰的奢侈、鸟兽的奇异、人物的气派、狩猎的惊险、歌舞的欢快……在赋中无不刻意描写,着意夸扬。这与上述画像石、壁画等等的艺术精神不正是完全一致的吗?它们所力图展示的,不仍然是这样一个繁荣富强、充满活力、自信和对现实具有浓厚兴趣、关注和爱好的世界图景吗?尽管呆板堆砌,但它在描述领域、范围、对象的广度上，却确乎为后代文艺所再未达到。它表明中华民族进入发达的文明社会后，对世界的直接征服和胜利，这种胜利使文学和艺术也不断要求全面地肯定、歌颂和玩味自己存在的自然环境、山岳江川、宫殿房屋、百土百物以至各种动物对象。所有这些对象都是作为人的生活的直接或间接的对象化存在于艺术中。人这时不是在其自身的精神世界中，而是完全溶化在外在生活和环境世界中，在这种琳琅满目的对象化的世界中。汉代文艺尽管粗重拙笨，却如此之心胸开阔，气派雄沉，其根本道理就在这里。汉代造型艺术应从这个角度去欣赏。汉赋也应从这个角度去理解，才能正确估计它作为一代文学正宗的意义和价值所在。

与汉赋、画像石、壁画同样体现了这一时代精神而保存下来的，是汉代极端精美并且可说空前绝后的各种工艺品，包括漆器、铜镜、织锦等等。所以说它们空前绝后，是因为它们在造型、纹样、技巧和意境上，都在中国历史上无与伦比，包括后来唐、宋、明、清的工艺也无法与之抗衡（瓷器、木家具除外）。所以能如此，乃由于它们是战国以来到西汉已完全成熟、处于顶峰状态中的工匠集体手工业（世代相袭，不计时间、工力，故技艺极高）的成果所致。像马王堆出土的织锦和不到一两重的纱衫，像河北出土的企图保持尸体不朽的金缕玉衣，像举世闻名的汉镜和光泽如新的漆器，其工艺水平都不是后代

| 金缕玉衣，西汉，中国国家博物馆

| "中国大宁"鎏金铜镜，西汉，
中国国家博物馆

| 彩绘双层九子漆奁，西汉，
湖南博物院

| 海昏侯墓云龙纹漆盘，西汉，南昌
汉代海昏侯国遗址博物馆

官营或家庭手工业所能达到或仿效，这正如后世不再可能建造埃及金字塔那样的工程一样。作为世代奴隶的巨大劳动的产物，它们留下来的是使后人瞠目结舌的惊叹。汉代工艺品正是那个琳琅满目的世界的具体而微的显现，是在众多、繁杂的对象上展现出来的人间力量和对物质世界的直接征服和巨大胜利。

（三）气势与古拙

| 击鼓说唱俑，东汉，中国国
家博物馆

　　人对世界的征服和琳琅满目的对象，表现在具体形象、图景和意境上，则是力量、运动和速度，它们构成汉代艺术的气势与古拙的基本美学风貌。

　　你看那弯弓射鸟的画像砖，你看那长袖善舞的陶俑，你看那奔驰的马，你看那说书的人，你看那刺秦王的图景，你看那车马战斗的情节，你看那卜千秋墓壁画中的人神动物的行进行列……这里统统没有细节，没有修饰，没有个性表达，也没有主观抒情。相反，突出的是高度夸张的形体姿态，是手舞足蹈的大动作，是异常单纯简洁的整体形象。这是一种粗线条粗轮廓的图景形象，然而，整个汉代艺术生命也就在这里，就在这不事细节修饰的夸张姿态和大型动作中，就在这种粗轮廓的整体形象的飞扬流动中，表现出力量、运动以及由之而形成的"气

| 荆轲刺秦王，武梁祠画像石（拓片），东汉，嘉祥武氏墓群石刻博物馆

|鎏金双人盘舞铜扣饰,西汉,云南省博物馆

|铜奔马,东汉,甘肃省博物馆

势”的美。在汉代艺术中,运动、力量、"气势"就是它的本质。这种"气势"甚至经常表现为速度感。而所谓速度感,不正是以动荡而流逝的瞬间状态集中表现着运动加力量吗?你看那著名的"马踏飞燕",不就是速度吗?你看那"荆轲刺秦王",匕首插入柱中的一瞬间,那不也是速度吗?激烈紧张的各种战斗,戏剧性的场面、故事,都是在一种快速运动和力量中以展现出磅礴的"气势"。所以,在这里,动物具有更多的野性。它们狂奔乱跑,活泼跳跃,远不是那么安静驯良。当然,汉代艺术也有许许多多静止状态的形象,但特点在于,即使在静态里,也仍然使人可以感受到那内在的运动、力量的速度感。在这里,人物不是以其精神、心灵、个性或内在状态,而是以其事迹、行动,亦即其对世界的直接的外在关系(不管是历史情节或现实活动),来表现他的存在价值的。这不也是一种运动吗?正因为如此,行为、事迹、动态和戏剧性的情节才成为这里的主要题材和形象图景。一往无前不可阻挡的气势、运动和力量,构成了汉代艺术的美学风格。它与六朝以后的安详凝练的静态姿式和内在精神(参看本书"魏晋风度""佛

陀世容"）是何等鲜明的对照。

也正因为是靠行动、动作、情节而不是靠细微的精神面容、声音笑貌来表现对世界的征服，于是粗轮廓的写实，缺乏也不需要任何细部的忠实描绘，便构成汉代艺术的"古拙"外貌。汉代艺术形象看来是那样笨拙古老，姿态不符常情，长短不合比例，直线、棱角、方形又是那样突出，缺乏柔和……但这一切都不但没有减弱反而增强了上述运动、力量、气势的美，"古拙"反而构成这种气势美的不可分割的必要因素。就是说，如果没有这种种"拙笨"，也就很难展示出那种种外在动作姿态的运动、力量、气势感了。过分弯的腰，过分长的袖，过分显示的动作姿态……"笨拙"得不合现实比例，却非常合乎展示出运动、力量的夸张需要。包括直线直角也是如此，它一点也不柔和，

| 折腰舞陶舞俑，西汉，徐州博物馆

| 灰陶加彩仕女俑，唐，台北故宫博物院

| 盘舞杂技画像砖，东汉，四川博物院

| 彩绘侍女俑砖雕，宋，郑州大象陶瓷博物馆

却恰恰增添了力量。"气势"与"古拙"在这里是浑然一体的。

如果拿汉代画像石与唐宋画像石相比较，如果拿汉俑与唐俑相比较，如果拿汉代雕刻与唐代雕刻相比较，汉代艺术尽管由于处在草创阶段，显得幼稚、粗糙、简单和拙笨，但是上述那种运动、速度的韵律感，那种生动活跃的气势力量，就反而由之而愈显其优越和高明。尽管唐俑也威武雄壮，也有动作姿态，却总缺少那种狂放的气势；尽管汉俑也有静立静坐形象，却仍然充满了雄浑厚重的冲涌力量。同样，唐的三彩马俑尽管何等鲜艳夺目，比起汉代古拙的马，那造型的气势、力量和运动感就相差很远。天龙山的唐雕尽管如何肌肉凸出相貌吓人，比起汉代笨拙的石雕，也仍然逊色。宋画像砖尽管如何细微工整，面容姣好，秀色纤纤，但比起汉代来，那生命感和艺术价值距离很大。汉代艺术那种蓬勃旺盛的生命，那种整体性的力量和气势，是后代艺术所难以企及的。

形象如此，构图亦然。汉代艺术还不懂后代讲求的以虚当实、计白当黑之类的规律，它铺天盖地，满幅而来，画面塞得满满的，几乎不留空白。这也似乎"笨拙"。然而，它却给予人们以后代空灵精致

鎏金舞马衔杯纹银壶，唐，
陕西历史博物馆

的艺术所不能替代的丰满朴实的意境。它不更有点相似于今天的农民画吗?! 相比于后代文人们喜爱的空灵的美，它更使人感到饱满和实在。与后代的巧、细、轻相比，它确乎显得分外的拙、粗、重。然而，它不华丽却单纯，它无细部而洗练。它由于不以自身形象为自足目的，就反而显得开放而不封闭。它由于以简化的轮廓为形象，就使粗犷的气势不受束缚而更带有非写实的浪漫风味。但它又根本不同于后世文人浪漫艺术的"写意"。它是因为气势与古拙的结合，充满了整体性的运动、力量感而具有浪漫风貌的，并不同于后世艺术中个人情感的浪漫抒发。当时民间艺术与文人艺术尚未分化，从画像石到汉乐府，从壁画到工艺，从陶俑到隶书，汉代艺术呈现出来的更多是整体性的民族精神。如果说，唐代艺术更多表现了中外艺术的交融，从而颇有"胡气"的话，那么，汉代艺术却更突出地呈现着中华本土的音调传统：那由楚文化而来的天真狂放的浪漫主义，那人对世界满目琳琅的行动征服中的古拙气势的美。

五

魏晋风度

|竹林七贤与荣启期砖画（拓片），南朝，南京博物院

（一）人的主题

　　魏晋在中国历史上是一个重大变化时期。无论经济、政治、军事、文化和整个意识形态，包括哲学、宗教、文艺等等，都经历转折。这是继先秦之后第二次社会形态的变异所带来的。战国秦汉的繁盛城市和商品经济相对萎缩，东汉以来的庄园经济日益巩固和推广，大量个体小农和大规模的工商奴隶经由不同渠道，变而为束缚在领主土地上、人身依附极强的农奴或准农奴。与这种标准的自然经济相适应，分裂割据、各自为政、世代相沿、等级森严的门阀士族阶级占住了历史舞台的中心，中国前期封建社会正式揭幕。[1]

　　社会变迁在意识形态和文化心理上的表现，是占据统治地位的两汉经学的崩溃。烦琐、迂腐、荒唐，既无学术效用又无理论价值的谶纬和经术，在时代动乱和农民革命[2]的冲击下，终于垮台。代之而兴的

---

1. 本书采魏晋封建说。东汉即有门阀，并开始垄断政权，"天下士有三俗：选士而论族姓阀阅，一俗"（仲长统：《昌言》），"贡荐则必阀阅为前"（王符：《潜夫论·交际篇》）。以后就更如此："魏晋以来，以贵役贱，士庶之科，较然有辨。"（《宋书·恩幸传序》）"魏氏立九品，置中正，尊世胄，卑寒士，权归右姓已。……皆取著姓士族为之，以定门胄，品藻人物。晋、宋因之。"（《新唐书·柳冲传》）
2. 两汉或为奴隶社会，但黄巾主体为农民起义。参看王仲荦：《关于中国奴隶社会的瓦解及封建关系的形成问题》。

是门阀士族地主阶级[1]的世界观和人生观。这是一种新的观念体系。

本文不同意时下中国哲学史研究中广泛流行的论调，把这种新的世界观人生观以及作为它们理论形态的魏晋玄学，一概说成是腐朽反动的东西。实际上，魏晋恰好是一个哲学重新解放、思想非常活跃、问题提出很多、收获甚为丰硕的时期。虽然在时间、广度、规模、流派上比不上先秦，但思辨哲学所达到的纯粹性和深度上，却是空前的。以天才少年王弼为代表的魏晋玄学，不但远超烦琐和迷信的汉儒，而且也胜过清醒和机械的王充。时代毕竟是前进的，这个时代是一个突破数百年的统治意识，重新寻找和建立理论思维的解放历程。

确乎有一个历程。它开始于东汉末年。埋没了一百多年的王充的《论衡》被重视和流行，标志着理性的一次重新发现。与此同时和稍后，仲长统、王符、徐干的现实政论，曹操、诸葛亮的法家观念，刘劭的《人物志》，众多的佛经翻译……从各个方面都不同于两汉，是一股新颖先进的思潮。被"罢黜百家，独尊儒术"压抑了数百年的先秦的名、法、道诸家，重新为人们所着重探究。在没有过多的统制束缚、没有皇家钦定的标准下，当时文化思想领域比较自由而开放，议论争辩的风气相当盛行。正是在这种基础上，与颂功德、讲实用的两汉经学、文艺相区别，一种真正思辨的、理性的"纯"哲学产生了；一种真正抒情的、感性的"纯"文艺产生了。这二者构成中国思想史上的一个飞跃。哲学上的何晏[2]、王弼，文艺上的三曹、嵇、阮，书法上的钟、卫、二王，

---

1. 从后汉崔寔的《四民月令》到北朝颜之推的《家训》，从王戎的钻李、积钱到南渡士族的"求田问舍"，以及谢灵运的"伐山开路"，实际都在一定意义上反映了这个阶级仍在积极地管理、组织庄园经济，注意发展生产，还没有腐朽到齐梁时完全不问世事，不胜绮罗，坐以待毙的没落阶段。这正如魏晋玄学和文艺还没有堕落到齐梁宫体和一味宣扬神不灭论的陈腐教义一样。南朝门阀到齐梁、北朝门阀到周隋才完全没落。
2. 何晏当时是重要的哲学家，但由于政治斗争的失败，被人歪曲得一塌糊涂，鲁迅已指出这点。

等等，便是体现这个飞跃、在意识形态各部门内开创真善美新时期的显赫代表。

那么，从东汉末年到魏晋，这种意识形态领域内的新思潮即所谓新的世界观人生观，和反映在文艺－美学上的同一思潮的基本特征，是什么呢？

简单说来，这就是人的觉醒。它恰好成为从两汉时代逐渐脱身出来的一种历史前进的音响。在人的活动和观念完全屈从于神学目的论和谶纬宿命论支配控制下的两汉时代，是不可能有这种觉醒的。但这种觉醒，却是通由种种迂回曲折错综复杂的途径而出发、前进和实现。文艺和审美心理比起其他领域，反映得更为敏感、直接和清晰一些。

《古诗十九首》（以下简称"《十九首》"）以及风格与之极为接近的苏李诗，无论从形式到内容，都开一代先声。[1]它们在对日常时世、人事、节候、名利、享乐等等的咏叹中，直抒胸臆，深发感喟。在这种感叹抒发中，突出的是一种性命短促、人生无常的悲伤。[2]它们构成《十九首》一个基本音调："生年不满百，常怀千岁忧""人生寄一世，奄忽若飙尘""人生非金石，岂能长寿考""人生忽如寄，寿无金石固""所遇无故物，焉得不速老""万岁更相送，圣贤莫能度""出郭门直视，但见丘与坟"……被钟嵘推为"文温以丽，意悲而远，惊心动魄，可谓几乎一字千金"的这些"古诗"中，却有多少个字用于这种人生无常的慨叹！如改说一字千斤，那么这里就有几万斤的沉重吧。它们与友情、离别、相思、怀乡、行役、命运、劝慰、愿望、勉励……结合糅杂在一起，使这种生命短促、人生坎坷、欢乐少有、悲伤长多的感喟，愈显其沉郁和悲凉：

---

1. 我以为，《十九首》及苏李诗实际应产生于东汉末年或更晚。
2. 参看王瑶：《中古文人生活·文人与药》。

行行重行行，与君生别离。相去万余里，各在天一涯。道路阻且长，会面安可知。……思君令人老，岁月忽已晚。弃捐勿复道，努力加餐饭。

古墓犁为田，松柏摧为薪。白杨多悲风，萧萧愁杀人。思还故里闾，欲归道无因。

征夫怀远路，起视夜何其。参辰皆已没，去去从此辞。行役在战场，相见未有期。握手一长叹，泪为生别滋。努力爱春华，莫忘欢乐时。生当复来归，死当长相思。

这种对生死存亡的重视、哀伤，对人生短促的感慨、喟叹，从建安直到晋宋，从中下层直到皇家贵族，在相当一段时间中和空间内弥漫开来，成为整个时代的典型音调。曹氏父子有"对酒当歌，人生几何！譬如朝露，去日苦多"（曹操）；"人亦有言，忧令人老。嗟我白发，生一何早"（曹丕）；"人生处一世，去若朝露晞。……自顾非金石，咄唶令心悲"（曹植）。阮籍有"人生若尘露，天道邈悠悠。……孔圣临长川，惜逝忽若浮"。陆机有"天道信崇替，人生安得长。慷慨惟平生，俯仰独悲伤"。刘琨有"功业未及建，夕阳忽西流。时哉不我与，去乎若云浮"。王羲之有"死生亦大矣。岂不痛哉！……固知一死生为虚诞，齐彭殇为妄作，后之视今，亦犹今之视昔，悲夫"。陶潜有"悲晨曦之易夕，感人生之长勤。同一尽于百年，何欢寡而愁殷"……他们唱出的都是这同一哀伤，同一感叹，同一种思绪，同一种音调。可见这个问题在当时社会心理和意识形态上具有重要的位置，是他们的世界观人生观的一个核心部分。

这个核心便是在怀疑论哲学思潮下对人生的执着。在表面看来似乎是如此颓废、悲观、消极的感叹中，深藏着的恰恰是它的反面，是对人生、生命、命运、生活的强烈的欲求和留恋。而它们正是在对原来占据统治地位的奴隶制意识形态——从经术到宿命、从鬼神迷信到道德节操的怀疑和否定基础上产生出来的。正是对外在权威的怀疑和否定，才有内在人格的觉醒和追求。也就是说，以前所宣传和相信的那套伦理道德、鬼神迷信、谶纬宿命、烦琐经术等等规范、标准、价值，都是虚假的或值得怀疑，它们并不可信或并无价值。只有人必然要死才是真的，只有短促的人生中总充满那么多的生离死别哀伤不幸才是真的。既然如此，那为什么不抓紧生活，尽情享受呢？为什么不珍重自己珍重生命呢？所以，"昼短苦夜长，何不秉烛游"，"不如饮美酒，被服纨与素"，"何不策高足，先据要路津"，说得干脆、坦率、直接和不加掩饰。表面看来似乎是无耻地在贪图享乐、腐败、堕落，其实，恰恰相反，它是在当时特定历史条件下深刻地表现了对人生、生活的极力追求。生命无常、人生易老本是古往今来一个普遍命题，魏晋诗篇中这一永恒命题的咏叹之所以具有如此感人的审美魅力而千古传诵，也是与这种思绪感情中所包含的具体时代内容不可分的。从黄巾起义前后起，整个社会日渐动荡，接着便是战祸不已，疾疫流行，死亡枕藉，连大批的上层贵族也在所不免。"徐（干）陈（琳）应（玚）刘（桢），一时俱逝"（曹丕：《与吴质书》），荣华富贵，顷刻丧落，曹植曹丕也都只活了四十岁……既然如此，而上述既定的传统、事物、功业、学问、信仰又并不怎么可信可靠，大都是从外面强加给人们的，那么个人存在的意义和价值就突出出来了，如何有意义地自觉地充分把握住这短促而多苦难的人生，使之更为丰富满足，便突出出来了。它实质上标志着一种人的觉醒，即在怀疑和否定旧有传统标准和信仰价值的条件下，人对自己生命、意义、命运的重新发现、思索、把握和追求。这是一种新的态度和观点。正因为如此，那些公开宣扬"人生行乐"的诗篇，内容也仍不同于后世腐败之作。而流传下来的大部分优秀诗篇，却正是在这种人生感叹中抒发着蕴藏着一种向上的、激励人心的意绪情感，它们随着不同的具体时期而各有不同的具体内容。在"对酒当歌，人生几何"底下的，是"烈士暮年，壮心不已"的老骥长嘶，建安风骨的人生哀伤是与其建功立业"慷慨多气"结合交融在一起的。在"死生亦大矣，岂不痛哉"后面的，是"群籁虽参差，适我无非新"，企图在大自然的怀抱中去找寻人生的慰藉和哲理的安息。其间如正始名士的不拘礼法，太康、永嘉的"抚枕不能寐，振衣独长想"（陆机）、"何意百炼刚，化为绕指柔"（刘琨）的政治悲愤，都有一定的具体积极内容。正由于有这种内容，所谓"人的觉醒"才没有流于颓废消沉；正由于有人的觉醒，这种内容才具备美学深度。《十九首》、建安风骨、正始之音直到陶渊明的自挽歌，对人生、生死的悲伤并不使人心衰气丧，相反，获得的恰好是一种具有一定深度的积极感情，原因就在这里。

如前所说，内的追求是与外的否定连在一起的，人的觉醒是在对旧传统旧信仰旧价值旧风习的破坏、对抗和怀疑中取得的。"不如饮美酒，被服纨与素"，与儒家教义显然不相容，是对抗着的。曹氏父子破坏了东汉重节操伦常的价值标准，正始名士进一步否定了传统观念和礼俗。"非汤、武而薄周、孔"，嵇康终于被杀头；阮籍也差一点，维护"名教"的何曾就劝司马氏杀阮，理由是"纵情背礼败俗"。这有如刘伶《酒德颂》所说，当时是"贵介公子，缙绅处士，……奋袂攘襟，怒目切齿，陈说礼法，是非锋起"，可见思想对立和争斗之激烈。但陈旧的礼法毕竟抵挡不住新颖的思想，政治的迫害也未能阻挡风气的改变。从哲学到文艺，从观念到风习，看来是如此狂诞不经的新东西，毕竟战胜和取代了一板正经而更加虚伪的旧事物。才性胜过节操，薄葬取替厚葬，王弼超越汉儒，"竹林七贤"成了理想人物，甚至在墓室的砖画上，也取代或挤进了两汉的神仙迷信、忠臣义士的行列。[1] 非圣无法、大遭物议并被杀头的人物竟然嵌进了地下庙堂的画壁，而这些人物既无显赫的功勋，又不具无边的法力，更无可称道的节操，却以其个体人格本身，居然可以成为人们的理想和榜样，这不能不是这种新世界观人生观的胜利表现。人们并不一定要学那种种放浪形骸、

---

1. 参看林树中：《江苏丹阳南齐陵墓砖印壁画探讨》，《文物》1977 年第 1 期。

饮酒享乐，而是被那种内在的才情、性貌、品格、风神吸引着、感召着。人在这里不再如两汉那样以外在的功业、节操、学问，而主要以其内在的思辨风神和精神状态，受到了尊敬和顶礼。是人和人格本身而不是外在事物，日益成为这一历史时期哲学和文艺的中心。

　　当然，这里讲的"人"仍是有具体社会性的，他们即是门阀士族。由对人生的感喟咏叹到对人物的讲究品评，由人的觉醒意识的出现到人的存在风貌的追求，其间正以门阀士族的政治制度和取才标准为中介。后者在造成这一将着眼点转向人的内在精神的社会氛围和心理状况的结果上，有直接的关系。自曹丕确定九品中正制度以来，对人的评议正式成为社会、政治、文化谈论的中心。[1] 又由于它不再停留在东汉时代的道德、操守、儒学、气节的品评上，于是人的才情、气质、格调、风貌、性分、能力便成了重点所在。总之，不是人的外在的行为节操，而是人的内在的精神性（亦即被看作潜在的无限可能性），成了最高的标准和原则。完全适应着门阀士族们的贵族气派，讲求脱俗的风度神貌成了一代美的理想。不是一般的、世俗的、表面的、外在的，而是要表达出某种内在的、本质的、特殊的、超脱的风貌姿容，才成为人们所欣赏、所评价、所议论、所鼓吹的对象。从《人物志》到《世说新语》，可以清晰地看出这一特点愈来愈明显。《世说新语》，津津有味地论述着那么多的神情笑貌、传闻逸事，其中并不都是功臣名将们的赫赫战功或忠臣义士的烈烈操守，相反，更多的倒是手执拂麈、口吐玄言，扪虱而谈，辩才无碍。重点展示的是内在的智慧，高超的精神，脱俗的言行，漂亮的风貌；而所谓漂亮，就是以美如自然景物的外观，体现出人的内在智慧和品格。例如：

1.清谈与清议开始本是一回事。参看唐长孺：《魏晋南北朝史论丛》。

时人目王右军："飘如游云，矫若惊龙。"

嵇叔夜之为人也，岩岩若孤松之独立；其醉也，傀俄若玉山之将崩。（《世说新语》）

"朗朗如日月之入怀""双眸闪闪若岩下电""濯濯如春月柳""谡谡如劲松下风""如登山临下，幽然深远""岩岩清峙，壁立千仞"……这种种夸张的对人物风貌的形容品评，要求以漂亮的外在风貌表达出高超的内在人格，正是当时这个阶级的审美理想和趣味。

本来，有自给自足不必求人的庄园经济，有世代沿袭不会变更的社会地位、政治特权，门阀士族们的心思、眼界、兴趣由环境转向内心，由社会转向自然，由经学转向艺术，由客观外物转向主体存在，也并不奇怪。"目送归鸿，手挥五弦，俯仰自得，游心太玄。"（嵇康）他们畏惧早死，追求长生，服药炼丹，饮酒任气，高谈老庄，双修玄礼，既纵情享乐，又满怀哲意，这就构成似乎是那么潇洒不群、那么超然自得、无为而无不为的所谓魏晋风度；药、酒、姿容，论道谈玄，山水景色……成了衬托这种风度的必要的衣袖和光环。

这当然反映在哲学－美学领域内。不是外在的纷繁现象，而是内在的虚无本体，不是自然观（元气论），而是本体论，成了哲学的首要课题。只有具备潜在的无限可能性，才可发为丰富多样的现实性。所以，"以无为本"，"崇本息末"，"本在无为，母在无名。弃本舍母，而适其子，功虽大焉，必有不济"（王弼：《老子》三十八章注）。"夫物之所以生，功之所以成，必生乎无形，由乎无名。无形无名者，万物之宗也。"（王弼：《老子指略》）外在的任何功业事物都是有限和能穷尽的，只是内在的精神本体，才是原始、根本、无限和不可穷尽的，有了后者（母）才可能有前者。而这也就是"圣人"："圣人茂于人者神明也，同于人者五情也，神明茂故能体冲和以通无，五情同故不能无哀乐以应物。"（何邵：《王弼传》引王语）这不正是上面讲的那种魏晋风度的哲理思辨化吗？无为而无不为，茂于神明

| 贵妇出游画像砖，南朝，中国国家博物馆

而同有哀乐，不是外在的有限的表面的功业、活动，而是具有无限可能潜在性的精神、格调、风貌，成了这一时期哲学中的无的主题和艺术中的美的典范。于是，两汉的五彩缤纷的世界（动的行为）让位于魏晋的五彩缤纷的人格（静的玄想）。抒情诗、人物画在这时开始成熟，取代那冗长、铺陈和拙笨的汉赋和汉画像石。正如在哲学中，玄学替代经学，本体论（内在实体的追求）取代了自然观（外在世界的探索）一样。

这也很清楚，"以形写神"和"气韵生动"，作为美学理论和艺术原则之所以会在这一时期被提出，是毫不偶然了。所谓"气韵生动"就是要求绘画生动地表现出人的内在精神气质、格调风度，而不在外在环境、事件、形状、姿态的如何铺张描述（两汉艺术恰恰是这样，见上章）。谢赫《古画品录》评为第一品第一人的陆探微便正是"穷理尽性，事绝言象"的。[1] "以形写神"当然也是这个意思。顾恺之说，

1.尽管谢赫《古画品录·序》中仍然说"图绘者，莫不明劝戒，著升沉；千载寂寥，披图可鉴"，这只是沿引绘画功能的传统说法，他提出的"六法"才是新原则。前者是社会学的，后者才是美学的。

"四体妍蚩，本无关于妙处；传神写照，正在阿堵中"，即是说，"传神"要靠人的眼睛，而并不靠人的形体或在干什么；眼睛才是灵魂的窗子，至于外在活动只是从属的和次要的。这种追求人的"气韵"和"风神"的美学趣味和标准，不正与前述《世说新语》中的人物品评完全一致吗？不正与魏晋玄学对思辨智慧的要求完全一致吗？它们共同体现了这个时代的精神——魏晋风度。

与造型艺术的"气韵生动""以形写神"相当，语言艺术中的"言不尽意"具有同样意义。这个哲学中的唯心论命题，在文学的审美规律的把握上，却具有正确和深刻的内涵。所谓"言不尽意"，就是说必须表达出不是概念性的言词所能穷尽传达的东西。它本来是讲哲学玄理的。所谓"尽意莫若象，尽象莫若言""言者所以明象，得象而忘言；象者，所以存意，得意而忘象"（王弼：《周易略例》）。言词和形象都是可穷尽的传达工具，重要的是通过这些工具去把握领悟那不可穷尽的无限本体、玄理、深意，这也就是上述的"穷理尽性，事绝言象"。可见，正如"以形写神""气韵生动"一样，这里的美学含义仍在于，要求通过有限的可穷尽的外在的言语形象，传达出、表现出某种无限的、不可穷尽的、常人不可得不能至的"圣人"的内在神情，亦即通过同于常人的五情哀乐去表达出那超乎常人[1]的神明茂如。反过来，也可说是，要求树立一种表现为静（性、本体）的具有无限可能性的人格理想，其中蕴涵着动的（情、现象、功能[2]）多样现实性。后来这种理想就以佛像雕塑作为最合适的艺术形式表现出来了（见下章）。"言不尽意""气韵生动""以形写神"是当时确立而影响久远的中国艺术 - 美学原则。它们的出现离不开人的觉醒这个主题，是这个"人的主题"的具体审美表现。

---

1. 参看汤用彤：《魏晋玄学论稿·谢灵运〈辨宗论〉书后》。
2. 参看上书《王弼圣人有情义释》。

（二）文的自觉

鲁迅说："曹丕的一个时代可说是'文学的自觉时代'，或如近代所说是为艺术而艺术的一派。"[1]"为艺术而艺术"是相对于两汉文艺"厚人伦，美教化"的功利艺术而言。如果说，人的主题是封建前期的文艺新内容，那么，文的自觉则是它的新形式。两者的密切适应和结合，形成这一历史时期各种艺术形式的准则。以曹丕为最早标志，它们确乎是魏晋新风。

鲁迅又说："汉文慢慢壮大起来，是时代使然，非专靠曹氏父子之功的。但华丽好看，却是曹丕提倡的功劳。"曹丕地位甚高，后来又做了皇帝，极人世之崇荣，应该是实现了人生的最高理想了吧，然而并不。他依然感到"年寿有时而尽，荣乐止乎其身，二者必至之常期，未若文章之无穷"。帝王将相、富贵功名很快便是白骨荒丘，真正不朽、能够世代流传的却是精神生产的东西。"不假良史之辞，不托飞驰之势，而声名自传于后。"（《典论·论文》）显赫一时的皇帝可以湮没无闻，华丽优美的词章并不依赖什么却被人们长久传诵。可见曹丕所以讲求和提倡文章华美，是与他这种对人生"不朽"的追求（世界观人生观）相联系的。文章不朽当然也就是人的不朽，它又正是前述人的主题的具体体现。

这样，文学及其形式本身，其价值和地位便大不同于两汉。在汉

1.《而已集·魏晋风度及文章与药及酒之关系》。

代，文学实际只是宫廷玩物。司马相如、东方朔这些专门的语言大师乃是皇帝弄臣，处于"俳优畜之"的地位。那些堂哉皇也的皇皇大赋，不过是歌功颂德、点缀升平，再加上一点所谓"讽喻"之类的尾巴以娱乐皇帝而已。至于绘画、书法等等，更不必说，这些艺术部类在奴隶制时代更没有独立的地位。在两汉，文学与经术没有分家。《盐铁论》里的"文学"指的是儒生，贾谊、司马迁、班固、张衡等人也不是作为文学家而是作为政治家、大臣、史官等等身份而有其地位和名声的。文的自觉（形式）和人的主题（内容）同是魏晋的产物。[1]

在两汉，门阀大族累世经学，家法师传，是当时的文化保存者、垄断者，当他们取得不受皇权任意支配的独立地位，即建立起封建前期的门阀统治后，这些世代沿袭着富贵荣华、什么也不缺少的贵族，认为真正有价值有意义能传之久远以至不朽的，只有由文学表达出来的他们个人的思想、情感、精神、品格，从而刻意作文，"为艺术而艺术"，确认诗文具有自身的价值意义，不只是功利附庸和政治工具，等等，便也是很自然的了。

所以，由曹丕提倡的这一新观念极为迅速地得到了广泛的响应和长久的发展。自魏晋到南朝，讲求文辞的华美，文体的划分，文笔的区别，文思的过程，文作的评议，文理的探求，以及文集的汇纂，都是前所未有的现象。它们成为这一历史时期意识形态的突出特征。其中，有人所熟知的陆机《文赋》对文体的区划和对文思的描述：

诗缘情而绮靡，赋体物而浏亮，碑披文以相质，诔缠绵而凄怆，……
遵四时以叹逝，瞻万物而思纷。悲落叶于劲秋，喜柔条于芳春。心懔懔以怀霜，志眇眇而临云。……其始也，皆收视反听，耽思傍讯，

---

1. 东汉已开始有所变化。范晔《后汉书》始立文苑传，与儒林略有差别，但毕竟"文苑"人物远不及"儒林"有名。

精骛八极，心游万仞。其致也，情曈昽而弥鲜，物昭晰而互进，……
观古今于须臾，抚四海于一瞬。

　　对创作类别特别是对创作心理如此专门描述和探讨，这大概是中国美学史上的头一回。它鲜明地表示了文的自觉。自曹丕、陆机而后，南朝在这方面继续发展。钟嵘的《诗品》对近代诗人做了艺术品评，并提出："若乃经国文符，应资博古；……至乎吟咏情性，亦何贵于用事？"再次把吟咏情性（内容）的诗（形式）和经世致用的经术儒学从创作特征上强调区别开。刘勰的《文心雕龙》则不但专题研究了像风骨、神思、隐秀、情采、时序等等创作规律和审美特征，而且一开头便说，"日月叠璧，以垂丽天之象；山川焕绮，以铺理地之形：此盖道之文也"，而"言之文也，天地之心哉"，把诗文的源起联系到周孔六经，抬到自然之"道"的哲学高度，可以代表这一历史时期对文的自觉的美学概括。

　　从玄言诗到山水诗，则是在创作题材上反映这种自觉。这些创作本身，从郭璞到谢灵运，当时声名显赫而实际并不成功。他们在内容上与哲学本体论的追求一致，人的主题展现为要求与"道"——自然相同一；在形式上与绘画一致，文的自觉展现为要求用形象来谈玄论道和描绘景物。但由于自然在这里或者只是这些门阀贵族外在游玩的对象，或者只是他们追求玄远即所谓"神超理得"的手段，并不与他们的生活、心境、意绪发生亲密的关系（这作为时代思潮要到宋元以后），自然界实际并没能真正构成他们生活和抒发心情的一部分，自然在他们的艺术中大都只是徒供描画、错彩镂金的僵化物。汉赋是以自然作为人们功业、活动的外化或表现，六朝山水诗则是以自然作为人的思辨或观赏的外化或表现。主客体在这里仍然对峙着，前者是与功业、行动对峙，后者是与观赏、思辨对峙，不像宋元以后与生活、情感融为一体。所以，谢灵运尽管刻画得如何繁复细腻，自然景物却并未能活起来。他的山水诗如同顾恺之的某些画一样，都只是一种概念性的描述，缺乏个性和情感。然而通过这种描述，文学形式自身却积累了、创造了格律、语汇、修辞、音韵上的种种财富，给后世提供了资料和借鉴。

例如五言诗体，便是从建安、正始通由玄言诗、山水诗而完全确立和成熟的。从诗经的"四言"到魏晋的"五言"，虽是一字之差，表达的容量和能力却很不一样。这一点，钟嵘总结过："夫四言，文约意广，取效《风》《骚》，便可多得。每苦文繁而意少，故世罕习焉。五言居文词之要，是众作之有滋味者也。""四言"要用两句表达的，"五言"用一句即可。这使它比四言诗前进一大步，另方面，它又使汉代的杂言（一首中三字、四字、五字、六字、七字均有）规范化而成为诗的标准格式。直到唐末，五言诗始终是居统治地位的主要正统形式，而后才被七言、七言律所超越。此外，如六朝骈体，如沈约的四声八病说，都相当自觉地把汉字修辞的审美特性研究发挥到了极致。它们对汉语字义和音韵的对称、均衡、协调、和谐、错综、统一种种形式美的规律，做了空前的发掘和运用。它们从外在形式方面表现了文的自觉。灵活而工整的对仗，从当时起迄至今日，仍是汉文学的重要审美因素。

在具体创作、批评上也如此。曹植当时之所以具有那么高的地位，钟嵘比之为"譬人伦之有周孔"，重要原因之一也就是，从他开始，讲究诗的造词炼句。所谓"起调多工"（如"高台多悲风，朝日照北林"等等），精心炼字（如"惊风飘白日""朱华冒绿池"等等），对句工整（如"潜鱼跃清波，好鸟鸣高枝"等等），音调谐协（如"孤魂翔故域，灵柩寄京师"等等），结语深远（如"去去莫复道，沉忧令人老"等等）……[1] 都表明他是在有意识地讲究作诗，大不同于以前了。正是这一点，使他能作为创始代表，将后世诗词与难以句摘的汉魏古诗划了一条界线。所以钟嵘要说他是"譬人伦之有周孔"了。这一点

1. 参看肖涤非：《读诗三札记》，作家出版社，1957。

的确具有美学上的巨大意义。其实，如果从作品的艺术成就说，曹植的众多诗作也许还抵不上曹丕的一首《燕歌行》，王船山便曾称誉《燕歌行》是"倾情倾度，倾色倾声，古今无两"。但由于《燕歌行》毕竟像冲口而出的民歌式的作品，所谓"殆天授，非人力"（《姜斋诗话》），在当时的审美观念中，就反被认为"率皆鄙直如偶语"（《诗品》），远不及曹植讲究字句，"词采华茂"。这也就不奇怪钟嵘《诗品》为何把曹丕放在中品，而把好些并无多少内容、只是雕饰文词的诗家列为上乘了，当时正是"俪采百字之偶，争价一句之奇"的时代。它从一个极端，把追求"华丽好看"的"文的自觉"这一特征表现出来了。可见，药、酒、姿容、神韵，还必须加上"华丽好看"的文彩词章，才构成魏晋风度。

所谓"文的自觉"，是一个美学概念，非单指文学而已。其他艺术，特别是绘画与书法，同样从魏晋起，表现着这个自觉。它们同样展现为讲究、研讨、注意自身创作规律和审美形式。谢赫总结的"六法"，"气韵生动"之后便是"骨法用笔"，这可说是自觉地总结了中国造型艺术的线的功能和传统，第一次把中国特有的线的艺术，在理论上明确建立起来："骨法用笔"（线条表现）比"应物象形"（再现对象）、"随类赋彩"（赋予色彩）、"经营位置"（空间构图）、"传移模写"（模拟仿制）居于远为重要的地位。康德曾说，线条比色彩更具审美性质。应该说，中国古代相当懂得这一点，线的艺术（画）[1]正如抒情文学（诗）一样，是中国文艺最为发达和最富民族特征的，它们同是中国民族的文化－心理结构的表现。

---

1. "凡属表示愉快感情的线条，……总是一往流利，不作顿挫，转折也是不露圭角的。凡属表示不愉快感情的线条，就一往停顿，呈现一种艰涩状态，停顿过甚的就显示焦灼和忧郁感。"（吕凤子：《中国画法研究》，上海人民美术出版社，1978，第4页）对线的抒情性质说得很明确具体，可参考。

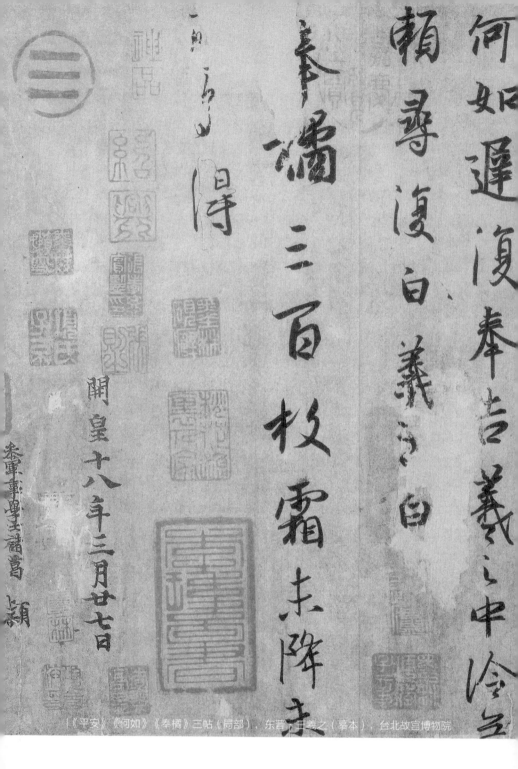

《平安》《何如》《奉橘》三帖（局部），东晋·王羲之（摹本），台北故宫博物院

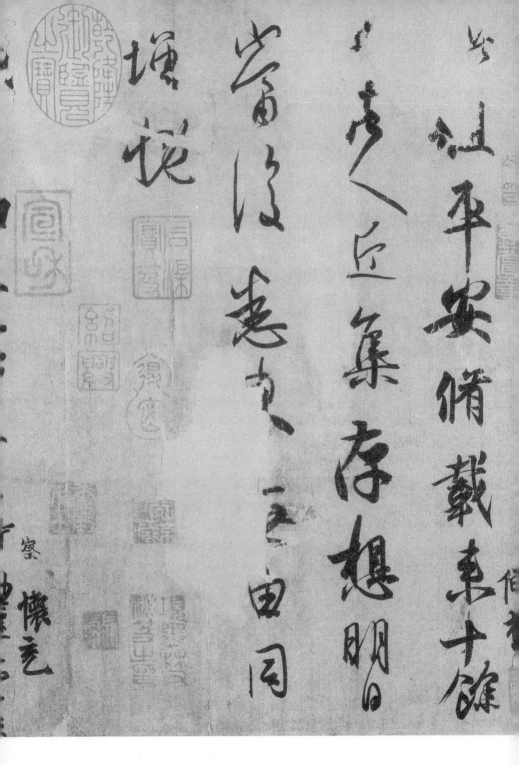

當復何理耳旦由同

覽
察
之人臣集序想明
平安備載東十餘

懷充
審

《平复帖》，西晋·陆机，北京故宫博物院

《姨母帖》，东晋·王羲之（唐摹），辽宁省博物馆

《丧乱帖》，东晋·王羲之（唐摹），日本皇居三之丸尚藏馆

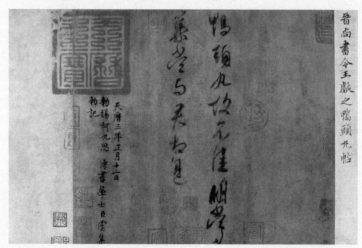

《鸭头丸帖》，东晋·王献之（唐摹），上海博物馆

书法是把这种"线的艺术"高度集中化纯粹化的艺术，为中国所独有。这也是由魏晋开始自觉的。正是魏晋时期，严正整肃、气势雄浑的汉隶变而为真、行、草、楷，中下层不知名没地位的行当，变而为门阀名士们的高妙意兴和专业所在。笔意、体势、结构、章法更为多样、丰富、错综而变化。陆机的《平复帖》、二王的《姨母》《丧乱》《奉橘》《鸭头丸》诸帖，是今天还可看到的珍品遗迹。他们以极为优美的线条形式，表现出人的种种风神状貌，"情驰神纵，超逸优游"，"力屈万夫，韵高千古"，"淋漓挥洒，百态横生"，从书法上表现出来的仍然主要是那种飘俊飞扬、逸伦超群的魏晋风度。甚至在随后的石碑石雕上，也有这种不同于两汉的神清气朗的风貌反映。

| 司马金龙墓铭原石，北魏，大同市博物馆

（三）阮籍与陶潜

　　艺术与经济、政治经常不平衡。如此潇洒不群飘逸自得的魏晋风度却产生在充满动荡、混乱、灾难、血污的社会和时代。因此，有相当多的情况是，表面看来潇洒风流，骨子里却潜藏深埋着巨大的苦恼、恐惧和烦忧。这一点鲁迅也早提示过。

　　如本章开头所说，这个历史时期的特征之一是频仍的改朝换代。从魏晋到南北朝，皇室王朝不断更迭，社会上层争夺砍杀，政治斗争异常残酷。门阀士族的头面人物总要被卷进上层政治旋涡，名士们一批又一批地被送上刑场。何晏、嵇康、二陆、张华、潘岳、郭璞、刘琨、谢灵运、范晔、裴頠……这些当时第一流的著名诗人、作家、哲学家，都是被杀戮害死的。应该说，这是一张相当惊人的名单，而这些人不过代表而已，远不完备。"广陵散于今绝矣"，"华亭鹤唳，不可复得"，留下来的总是这种痛苦悲哀的传闻故事。这些门阀贵族就经常生活在这种既富贵安乐而又满怀忧祸的境地中，处在身不由己的政治争夺之中。"常畏大网罗，忧祸一旦并"（何晏），"心之忧矣，永啸长吟"（嵇康），是他们作品中经常流露的情绪。正是由于残酷的政治清洗和身家毁灭，他们的人生慨叹夹杂无边的忧惧和深重的哀伤，从而大大加重了分量。他们的"忧生之嗟"由于这种现实政治内容而更为严肃。从而，无论是顺应环境、保全性命，或者是寻求山水、安息精神，其中由于总藏存这种人生的忧恐、惊惧，情感实际是处在一种异常矛盾复杂的状态中。外表尽管装饰得如何轻视世事，洒脱不凡，内心却更强烈地执着人生，非常痛苦。这构成了魏晋风度内在的深刻的一面。

阮籍便是这类的典型。"阮旨遥深"（刘勰），"虽然也慷慨激昂，但许多意思都是隐而不显的"（鲁迅）。阮籍八十二首咏怀诗确乎隐晦之至，但也很明白，从诗的意境情绪中反映出来的，正是这种与当时残酷政治斗争和政治迫害相密切联系的人生慨叹和人生哀伤：

> 繁华有憔悴，堂上生荆杞。驱马舍之去，去上西山趾。一身不自保，何况恋妻子！凝霜被野草，岁暮亦云已。

> 胸中怀汤火，变化故相招。万事无穷极，知谋苦不饶。但恐须臾间，魂气随风飘。终身履薄冰，谁知我心焦！

感伤、悲痛、恐惧、爱恋、焦急、忧虑，欲求解脱而不可能，逆来顺受又不适应。一方面很想长寿延年，"独有延年术，可以慰我心"，同时又感到"人言愿延年，延年欲焉之"，延年又有什么用处？一方面，"一飞冲青天，旷世不再鸣。岂与鹌鹑游，连翩戏中庭""抗身青云中，网罗孰能制？岂与乡曲士，携手共言誓"，痛恶环境，蔑视现实，要求解脱；同时，却又是"宁与燕雀翔，不随黄鹄飞。黄鹄游四海，中路将安归"，现实逼他仍得低下头来，应付环境，以保全性命。所以，一方面被迫为人写劝进笺，似颇无聊；同时又"口不臧否人物"，极端慎重，并且大醉六十日拒不联姻……所有这些，都说明阮籍的诗所以那么隐而不显，实际包含了欲写又不能写的巨大矛盾和苦痛。鲁迅说向秀的《思旧赋》是刚开头就煞了尾，指的也是这同一问题。对阮籍的评价、阐解向来做得不够。总之，别看传说中他作为竹林名士是那么放浪潇洒，其内心的冲突痛苦是异常深沉的，"一为黄雀哀，涕下谁能禁""谁云玉石同？泪下不可禁"……便是一再出现在他笔下的诗句。把受残酷政治迫害的疼楚哀伤曲折而强烈地抒发出来，大概从来没有人像阮籍写得这样深沉美丽。正是这一点，使所谓魏晋风度和人的主题具有了真正深刻的内容，也只有从这一角度去了解，才能更多地发现魏晋风度的积极意义和美学力量之所在。

魏晋风度原似指一较短时期，本文则将它扩至晋宋。从而陶潜便可算作它的另一人格化的理想代表。也正如鲁迅所一再点出："《陶集》里有《述酒》一篇，是说当时政治的。""由此可知陶潜总不能超于尘世，而且，于朝政还是留心，也不能忘掉'死'。"陶潜的超脱尘世与阮籍的沉湎酒中一样，只是一种外在现象。超脱人世的陶潜是宋代苏轼塑造出来的形象。实际的陶潜，与阮籍一样，是政治斗争的回避者。他虽然没有阮籍那么高的阀阅地位，也没有那样身不由己地卷进最高层的斗争旋涡，但陶潜的家世和少年抱负都使他对政治有过兴趣和关系。他的特点是十分自觉地从这里退了出来。为什么这样？在他的诗文中，响着与阮籍等人颇为相似的音调，可以作为答案："密网裁而鱼骇，宏罗制而鸟惊。彼达人之善觉，乃逃禄而归耕"；"古时功名士，慷慨争此场。一旦百岁后，相与还北邙。……荣华诚足贵，亦复可怜伤"；"枝条始欲茂，忽值山河改。柯叶自摧折，根株浮沧海。……本不植高原，今日复何悔"；等等，这些都是具有政治内容的。由于身份、地位、境况、遭遇的不同，陶潜的这种感叹不可能有阮籍那么尖锐沉重，但它仍是使陶潜逃避"诚足贵"的"荣华"，宁肯回到田园去的根本原因。陶潜坚决从上层社会的政治中退了出来，把精神的慰安寄托在农村生活的饮酒、读书、作诗上，他没有那种后期封建社会士大夫对整个人生社会的空漠之感，相反，他对人生、生活、社会仍有很高的兴致。他也没有像后期封建士大夫信仰禅宗、希图某种透彻了悟。相反，他对生死问题和人生无常仍极为执着、关心，他仍然有着如《十九首》那样的人生慨叹："人生似幻化，终当归空无""今我不为乐，知有来岁不？"。尽管他信天师道 [1]，实际采取的仍是一种无神论和怀

---

1. 参看陈寅恪：《陶渊明之思想与清谈之关系》。

疑论的立场，他提出了许多疑问："夷投老以长饥，回早夭而又贫。……虽好学与行义，何死生之苦辛。疑报德之若兹，惧斯言之虚陈。"总结则是"苍昊遐缅，人事无已，有感有昧，畴测其理"。这种怀疑派的世界观人生观也正是阮籍所具有的："荣名非己宝，声色焉足娱。采药无旋返，神仙志不符。逼此良可惑，令我久踟蹰。"这些魏晋名士尽管高谈老庄，实际仍是知道"一死生为虚诞，齐彭殇为妄作"，老庄（无神论）并不能构成他们真正的信仰，人生之谜在他们精神上仍无法排遣或予以解答。所以前述人生无常、生命短促的慨叹，从《十九首》到陶渊明，从东汉末到晋宋之后，仍然广泛流行，直到齐梁以后佛教鼎盛，大多数人去皈依佛宗，才似乎解决了这个疑问。

与阮籍一样，陶潜采取的是一种政治性的退避。但只有他，才真正做到了这种退避，宁愿归耕田园，蔑视功名利禄，"宁固穷以济意，不委曲而累己。既轩冕之非荣，岂缊袍之为耻。诚谬会以取拙，且欣然而归止"。不是外在的轩冕荣华、功名学问，而是内在的人格和"不委曲而累己"的生活，才是正确的人生道路。所以只有他，算是找到了生活快乐和心灵慰安的较为现实的途径。无论人生感叹或政治忧伤，都在对自然和对农居生活的质朴的爱恋中得到了安息。陶潜在田园劳动中找到了归宿和寄托。他把自《十九首》以来的人的觉醒提到了一个远远超出同时代人的高度，提到了寻求一种更深沉的人生态度和精神境界的高度。从而，自然景色在他笔下，不再是作为哲理思辨或徒供观赏的对峙物，而成为诗人生活、兴趣的一部分。"霭霭停云，濛濛时雨""倾耳无希声，在目皓已洁""平畴交远风，良苗亦怀新"……春雨冬雪，辽阔平野，各种普通的、非常一般的景色在这里都充满了生命和情意，而表现得那么自然、质朴。与谢灵运等人大不相同。山水草木在陶诗中不再是一堆死物，而是情深意真，既平淡无华又益然有生意：

时复墟曲中，披草共来往。相见无杂言，但道桑麻长。桑麻日已长，我土日已广。常恐霜霰至，零落同草莽。

种豆南山下，草盛豆苗稀。晨兴理荒秽，带月荷锄归。道狭草木长，夕露沾我衣。衣沾不足惜，但使愿无违。

暧暧远人村，依依墟里烟。狗吠深巷中，鸡鸣桑树颠。户庭无尘杂，虚室有余闲。久在樊笼里，复得返自然。

这是真实、平凡而不可企及的美。看来是如此客观地描绘自然，却只有通过具有高度自觉的人的主观品格才可能达到。

陶潜和阮籍在魏晋时代分别创造了两种迥然不同的艺术境界，一超然事外[1]，平淡冲和；一忧愤无端，慷慨任气。它们以深刻的形态表现了魏晋风度。应该说，不是建安七子，不是何晏、王弼，不是刘琨、郭璞，不是二王、颜、谢，而是他们两个人，才真正是魏晋风度的最高优秀代表。

---

1. 而非"超然世外"。这种"超世"的希冀要到苏轼才有（参看本书"韵外之致"）。

悲惨世界

虚幻颂歌

走向世俗

六

佛陀世容

｜云冈石窟第 5 窟，北魏，山西大同

（一）悲惨世界

　　宗教是异常复杂的现象。它一方面蒙蔽麻痹人们于虚幻幸福之中；
另方面广大人民在一定历史时期中如醉如狂地吸食它，又经常是对现
实苦难的抗议或逃避。宗教艺术也是这样。一般说来，宗教艺术首先
是特定时代阶级的宗教宣传品，它们是信仰、崇拜，而不是单纯观赏
的对象。它们的美的理想和审美形式是为其宗教内容服务的。中国古
代留传下来的主要是佛教石窟艺术。佛教在中国广泛传播流行，并成
为门阀地主阶级的意识形态，在整个社会占据统治地位，是在频繁战
乱的南北朝。北魏与南梁先后正式宣布它为国教，[1]是这种统治的法律
标志。它历经隋唐，达到极盛时期，产生出中国化的禅宗教派而走向
衰亡。它的石窟艺术也随着这种时代的变迁、阶级的升降和现实生活
的发展而变化发展，以自己的形象方式，反映了中国民族由接受佛教
而改造消化它，而最终摆脱它。清醒的理性主义、历史主义的华夏传
统终于战胜了反理性的神秘迷狂，这是一个重要而深刻的思想意识的
行程。所以，尽管同样是硕大无朋的佛像身躯，同样是五彩缤纷的壁
画图景，它的人世内容却并不相同。如以敦煌壁画为主要例证，可以
明显看出，北魏、隋、唐（初、盛、中、晚）、五代、宋这些不同时

---

1. 东晋末年广泛流行的佛教终于被梁武帝定为国教；北朝则自石勒父子信奉佛图澄，已
大流行，中经魏太武帝短暂灭佛，至文成帝营造云冈石窟，地位不再动摇。

| 云冈石窟第 20 窟，北魏，山西大同

代有着不同的神的世界。不但题材、主题不同，而且面貌、风度也异。
宗教毕竟只是现实的麻药，天上到底仍是人间的折射。下面粗分为（甲）
魏、（乙）唐前期和（丙）唐后期、五代及宋三个时期和类型来谈。

　　无论是云冈、敦煌、麦积山，中国石窟艺术[1]最早要推北魏洞窟，
印度传来的佛传、佛本生等印度题材占据了这些洞窟的壁画画面。其中，
以割肉贸鸽、舍身饲虎、须达拏好善乐施和五百强盗剜目故事等最为
普遍。

---

1. 石窟比庙宇、宫殿在战乱中容易保存，"古来帝宫，终逢煨尽。若依立之，效尤斯及。……
乃顾眄山宇，可以终天。……安设尊仪。或石或塑"（释道宣：《集神州三宝感通录》）。
战乱频繁的北朝多石窟。

割肉贸鸽故事即所谓"尸毗王本生"。"尸毗王者，今佛身是也"，即释迦牟尼成佛前经历过的许多生世中的一个。这故事是说，一只小鸽被饿鹰追逐，逃匿到尸毗王怀中求救，尸毗王对鹰说："你不要吃这小鸽。"鹰说："我不吃鲜肉就要饿死，你为何不怜惜我呢？"尸毗王于是用一杆秤一端称鸽，一端放同等重量的从自己腿上割下来的鲜肉，用自己的血肉来换下鸽子的生命。但是很奇怪，把整个股肉、臂肉都割尽了，也仍没小鸽重。尸毗王竭尽全部气力把整个自己投在秤盘上，即以自己的生命和一切来做抵偿。结果大地震动，鹰、鸽不见，原来这是神来试探他的。如是云云。一般壁画中贸鸽故事所选择的场面，大多是割肉的景象：所谓佛前生的尸毗王盘腿端坐，身躯高大，头微侧，目下视，安详镇定，无所畏惧，决心用自己的血肉来换下鸽子的生命。他一手抬举胸前，另手手心站着被饿鹰追逐而向他求救的小鸽。下面则是矮小而满脸凶狠的刽子手在割腿肉，鲜血淋漓。周围配以各色表

| 割肉贸鸽壁画，莫高窟第254窟，北魏，甘肃敦煌

情人物，或恐惧、或哀伤、或感叹。飘逸流动的菩萨飞舞在旁，像音乐和声般地以流畅而强烈的音响，衬托出这庄严的主题。整个画面企图在肉体的极端痛苦中，突出心灵的平静和崇高。

"舍身饲虎"是佛的另一本生故事，说的是摩诃国有三位王子同行出游，在一座山岩下看见七只初生的小虎，围绕着奄奄欲毙的、饿瘦了的母虎。最小的王子发愿牺牲自己以救饿虎。他把两位哥哥催回去后，就投身虎口。但这虎竟没气力去吃他。他于是从自己身上刺出血来，又从高岩跳下，坠身虎旁。饿虎舐食王子流出的血后，恢复了气力，便把王子吃了，只剩下一堆骨头和毛发。当两位哥哥回来找他时，只看到这堆残骸与血渍，于是悲哭告知国王父母，在该处建立了一座宝塔。如此等等。

壁画以单幅或长幅连环场景，表现它的各个环节：山岩下七只初生小虎环绕着奄奄欲毙、饿极了的母虎，小王子从高岩跳下坠身虎旁，饿虎舐食王子，父母悲泣，建立宝塔。其中最突出的是饲虎的画面。

| 舍身饲虎壁画，莫高窟第 254 窟，北魏，甘肃敦煌

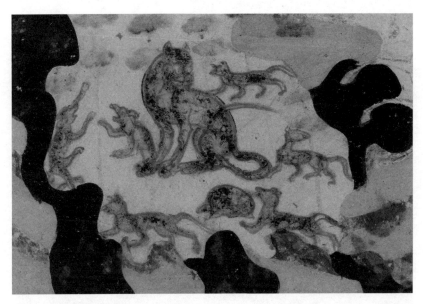

| 舍身饲虎壁画中的母虎及幼虎，莫高窟第 301 窟，北周，甘肃敦煌

故事和场景比割肉贸鸽更为阴森凄厉，意图正是要在这愈发悲惨的苦难中，托出灵魂的善良与美丽。

其实，老虎又有什么可怜惜的呢？也硬要自愿付出生命和一切，那就不必说人世间的一般牺牲了。连所谓王子、国王都如此"自我牺牲"，那就不必说一般的老百姓了。这是统治者的自我慰安和欺骗，又是他们撒向人间的鸦片和麻药。它是一种地道的反理性的宗教迷狂，其艺术音调是激昂、狂热、紧张、粗犷的。我们今天在这早已褪掉颜色、失去本来面目的壁画图像中，从这依稀可辨的大体轮廓中，仍可以感受到那种带有刺激性的热烈迷狂的气氛和情调：山村野外的荒凉环境，活跃飘动的人兽形象，奔驰放肆的线条旋律，运动型的形体姿态……成功地渲染和烘托出这些迷狂的艺术主题和题材，它构成了北魏壁画的基本美学特征。黑格尔论欧洲中世纪宗教艺术时曾说，这是把苦痛和对于苦痛的意识和感觉当作真正的目的，在苦痛中愈意识到所舍弃的东西的价值和自己对它们的喜爱，愈长久不息地观看自己的这种舍

| 五百强盗成佛壁画，莫高窟 285 窟，西魏，甘肃敦煌

弃，便愈发感受到把这种考验强加给自己身上的心灵的丰富。黑格尔的论述完全适合这里。

须达拏好善乐施的故事是说，太子须达拏性好施舍，凡向他乞求，无不答应。他把国宝白象施舍给了敌国，国王大怒，驱逐他出国。他带着妻儿四口坐马车入山。走不多远，有二人乞马，太子给了他们。又走不远，有人乞车，又给了。他和妻子各抱一子继续前进。又有人乞衣，他把衣服施舍了。车马衣物钱财全施舍光，来到山中住下。不久又有人求乞，两个孩子怕自己被父亲施舍掉，便躲藏起来。但太子终于把这两个战栗着的小孩找出来，用绳子捆缚起来送给了乞求者。

孩子们依恋父母不肯走，乞求者用鞭子抽得他们出血，太子虽然难过下泪，但仍让孩子被牵走，以实现他的施舍。

五百强盗的故事是说，五百强盗造反，与官兵交战，被擒获后受剜眼重刑，在山村中哭嚎震野，痛苦万分。佛以药使眼复明，便都皈依了佛法。

这些故事比割肉、饲虎之类，更是现实人间的直接写照，但却是严重歪曲了的写照。财产衣物被剥夺干净，亲生儿女被捆缚牵走，造反、受刑……所有这些不都是当时人们所常见所亲历的真实景象和生活吗？却都被用来宣扬忍受痛苦、自我牺牲，悲苦冤屈也不要愤怒反抗，以换取屡世苦修成佛。可是具体形象毕竟高于抽象教义，活生生的、血淋淋的割肉、饲虎、"施舍"儿女、造反剜眼等等艺术场景本身，是如此悲惨残酷得不合常情，给人感受到的不又正是对当时压迫剥削的无声抗议吗？宗教里的苦难既是现实的苦难的表现，又是对这种现实的苦难的呻吟。宗教是被压迫生灵的叹息，是无情世界的情感。当时的现实是：从东汉帝国的瓦解到李唐王朝的统一，四百年间尽管有短暂的和平和局部安定（如西晋、苻秦、北魏，长安、洛阳曾短暂地繁盛一时），整个社会总的说来是长时期处在无休止的战祸、饥荒、疾疫、动乱之中，阶级和民族的压迫剥削采取了极为残酷野蛮的原始形态，大规模的屠杀成了家常便饭，阶级之间的、民族之间的、统治集团之间的、皇室宗族之间的反复的、经常的杀戮和毁灭，弥漫于这一历史时期。曹魏建安时便曾经是"白骨蔽于野，千里无鸡鸣"（曹操诗）。西晋八王之乱揭开了社会更大动乱的序幕，从此之后，便经常是："白骨蔽野，百无一存"（《晋书·贾疋传》）；"道路断绝，千里无烟"（《晋书·苻坚载纪》）；"身祸家破，阖门比屋"（《宋书·谢灵运传》）；"饿死衢路，无人收识"（《魏书·高祖纪》）。这种记载，史不绝书。中原十六国是此起彼伏，战乱不已，杀戮残酷。偏安江左的东晋南朝也是军阀更替，皇族残杀，朝代屡换。南北朝显赫一时的皇家贵族，经常是刹那间灰飞烟灭，变成死尸，或沦为奴隶。下层百姓的无穷苦难更不待言，他们为了逃避兵役和剥夺，便只好抛家弃子，披上袈裟，"假慕沙门，实避调役"（《魏书·释老志》）。总之，现实生活是如此悲苦，生命宛如朝露，身家毫无保障，命运不可捉摸，生活无可眷恋，人生充满着悲伤、惨痛、恐怖、牺牲，事物似乎根本没有什么"公平"和"合理"，也毫不遵循什么正常的因果和规律。好人遭恶报，坏蛋占上风，身家不相保，一生尽苦辛。为什么会这样？为什么要这样？这似乎非理性所能解答，也不是儒家孔孟或道家老庄所能说明。于是佛教便走进了人们的心灵。既然现实世界毫无公平和合理可言，于是把因果寄托于轮回，把合理委之于"来生"和"天国"。"经曰，业有三报，一者现报，二者生报，三者后报。现报者，善恶始于此身，苦乐即此身受。生报者，次身便受。后报者，或二生或三生，百千万生，然后乃受。"（《广弘明集·道安二教论》）可以想象，在当时极端残酷野蛮的战争动乱和社会压迫下，跪倒或端坐在这些宗教图像故事面前的渺小的生灵们，将以何等狂热激动而又异常复杂的感受和情绪，来进行自己灵魂的洗礼。众多僧侣佛徒的所谓坐禅入定，实际将是多么痛苦和勉强。礼佛的僧俗只得把宗教石窟当作现实生活的花坛、人间苦难的圣地，把一切美妙的想望、无数悲伤的叹息、慰安的纸花、轻柔的梦境，统统在这里放下，努力忘却现实中的一切不公平、不合理。从而也就变得更加卑屈顺从，逆来顺受，更加做出"自我牺牲"，以获取神的恩典。在这个时代早已过去了的今天，我们将如同诵读悲怆的古诗或翻阅苦难的小说，在这些艺术图景中，去感受那通过美学形式积淀着的历史和人生。沉重阴郁的故事表现在如此强烈动荡的形式中，正可以体会到它们当时吸引、煽动和麻醉人们去皈依天国的那种巨大的情感力量。

洞窟的主人并非壁画，而是雕塑。前者不过是后者的陪衬和烘托。四周壁画的图景故事，是为了托出中间的佛身。信仰需要对象，膜拜需要形体。人的现实地位愈渺小，膜拜的佛的身躯便愈高大。然而，这又是何等强烈的艺术对比：热烈激昂的壁画故事陪衬烘托出的，恰恰是异常宁静的主人。北魏的雕塑，从云冈早期的威严庄重到龙门、敦煌，特别是麦积山成熟期的秀骨清像、长脸细颈、衣褶繁复而飘动，那种神情奕奕、飘逸自得，似乎去尽人间烟火气的风度，形成了中国雕塑艺术的理想美的高峰。人们把希望、美好、理想都集中地寄托在它身上。它是包含各种潜在的精神可能性的神，内容宽泛而不定。它并不显示出仁爱、慈祥、关怀等神情，它所表现的恰好是对世间一切的完全超脱。尽管身体前倾，目光下视，但对人世似乎并不关怀或动心。相反，它以对人世现实的轻视和淡漠，以洞察一切的睿智的微笑为特征，并且就在那惊恐、阴冷、血肉淋漓的四周壁画的悲惨世界中，显示出它的宁静、高超和飘逸。似乎肉体愈摧残，心灵愈丰满；身体愈瘦削，精神愈高妙；现实愈悲惨，神像愈美丽；人世愈愚蠢、低劣，神的微笑便愈睿智、高超……在巨大的、智慧的、超然的神像面前匍匐着蝼蚁般的生命，而蝼蚁们的渺小生命居然建立起如此巨大而不朽的"公平"主宰，也正好折射着对深重现实苦难的无可奈何的强烈情绪。

但他们又仍然是当时人间的形体、神情、面相和风度的理想凝聚。尽管同样向神像祈祷，不同阶级的苦难毕竟不同，对佛的恳求和憧憬也并不一样。梁武帝赎回舍身的巨款和下层人民的"卖儿贴妇钱"，尽管投进了那同一的巨大佛像中，但它们对象化的要求却仍有本质的区别。被压迫者跪倒在佛像前，是为了解除苦难，祈求来生幸福。统治者匍匐在佛像前，也要求人民像他匍匐在神的脚下一样，他要作为神的化身来永远统治人间，正像他想象神作为他的化身来统治天上一样。并非偶然，云冈佛像的面貌恰好是地上君主的忠实写照，连脸上脚上的黑痣也相吻合。"是年，诏有司为石像，令如帝身。既成，颜上足下，各有黑石，冥同帝体上下黑子。"（《魏书·释老志》）当时有些佛像雕塑更完全是门阀士族贵族的审美理想的体现：某种病态的瘦削身躯，不可言说的深意微笑，洞悉哲理的智慧神情，摆脱世俗的潇洒风度，都正是魏晋以来这个阶级所追求向往的美的最高标准。如上一章说明，《世说新语》描述了那么多的声音笑貌，传闻逸事，目的都在表彰和树立这种理想的人格：智慧的内心和脱俗的风度是其中最重要的两点。

佛教传播并成为占统治地位的意识形态之后，统治阶级便借雕塑把他们这种理想人格表现出来了。信仰与思辨的结合本是南朝佛教的特征，可思辨的信仰与可信仰的思辨成为南朝门阀贵族士大夫安息心灵、解脱苦恼的最佳选择，给了这批饱学深思的士大夫以精神的满足。这也表现到整个艺术领域和佛像雕塑（例如禅观决疑的弥勒）上。被谢赫《古画品录》列为第一的陆探微，以"秀骨清像，似觉生动，令人懔懔，若对神明"为特征，顾恺之也是"刻削为容仪"，以描绘"清羸示病之容，隐几忘言之状"出名的。北方的实力和军威虽胜过南朝，却一直认南朝文化为中国正统。从习凿齿（东晋）、王肃（宋、齐）到王褒、庾信（陈），数百年南士入北，均备受敬重，记载颇多。北齐高欢便说，江东"专事衣冠礼乐，中原士大夫望之以为正朔所在"（《北齐书·杜弼传》），仍是以南朝为文化正统学习榜样。所以，江南的画家与塞北的塑匠，艺术风格和作品面貌，如此吻合，便不奇怪了。今天留下来的佛教艺术尽管都在北方石窟，但它们所代表的，却是当时作为整体中国的一代精神风貌。印度佛教艺术从传入起，便不断被中国化，那种种接吻、扭腰、乳部突出、性的刺激、过大的动作姿态等等，被完全排除。连雕塑、壁画的外形式（结构、色、线、装饰、图案等）也都中国化了。其中，雕塑——作为智慧的思辨决疑的神，更是这个时代、这个社会的美的理想的集中表现。

（二）虚幻颂歌

　　跟长期分裂和连绵战祸的南北朝相映对的，是隋唐的统一和较长时间的和平和稳定。与此相适应，在艺术领域内，从北周、隋开始，雕塑的面容和体态、壁画的题材和风格都开始明显地变化，经初唐继续发展，到盛唐确立而成熟，形成与北魏的悲惨世界对应的另一种美的典型。

| 麦积山石窟第 13 窟东崖大佛，隋，甘肃天水

| 菩萨石像，唐，上海博 | 天王石像，唐，上海博物馆 | 力士像，龙门石窟高平郡
物馆 | | 王洞，唐，河南洛阳

先说雕塑。秀骨清像、婉雅俊逸明显消退，隋塑的方面大耳、短颈粗体、朴达拙重是过渡特征，到唐代，便以健康丰满的形态出现了。与那种超凡绝尘、充满不可言说的智慧和精神性不同，唐代雕塑代之以更多的人情味和亲切感。佛像变得更慈祥和蔼，关怀现世，似乎极愿接近世间，帮助人们。他不复是超然自得、高不可攀的思辨神灵，而是作为管辖世事、可向之请求的权威主宰。

唐窟不再有草庐、洞穴的残迹，而是舒适的房间。菩萨不再向前倾斜，而是安安稳稳地坐着或站着。更重要的是，不再是概括性极大、含义不可捉摸、分化不明显的三佛或一佛二菩萨；而是分工更为确定，各有不同职能，地位也非常明确的一铺佛像或一组菩萨。这里以比以前远为确定的形态展示出与各种统治功能、职责相适应的神情面相和体貌姿式。本尊的严肃祥和，阿难的朴实温顺，伽叶的沉重认真，菩萨的文静矜持，天王的威武强壮，力士的凶猛暴烈，或展示力量，或表现仁慈，或显映天真作为虔诚的范本，或露出饱历沧桑作为可信赖的引导。这样，形象更具体化、世俗化；精神性减低，理想更分化，不是那含义甚多而捉摸不定的神秘微笑了。

这当然是进一步的中国化，儒家思想渗进了佛堂。与欧洲不同，在中国，宗教是从属于、服从于政治的，佛教愈来愈被封建帝王和官府所支配管辖，作为维护封建政治体系的自觉工具。从"助王政之禁律，益仁智之善性"（《魏书·释老志》），到"常乘舆赴讲，观者号为秃头官家"（《高僧传·释僧慧》），从教义到官阶，都日益与儒家合流靠拢。沙门毕竟"拜王者，报父母"，"法果每言太祖……即是当今如来，沙门宜应尽礼"（《魏书·释老志》），连佛教内部的头目也领官俸、有官阶，"自姚秦命僧䂮为僧正，秩同侍中，此则公给食俸之始也"，"言僧正者何？正，政也，自正正人，克敷政令，故云也"（《大宋僧史略》卷中）。《报父母恩重经》则成为唐代异常流行的经文。自南北朝以来，儒佛道互相攻讦辩论之后，在唐代便逐渐协调共存。而宗教服务于政治、伦常的儒家思想终于渗入佛教。佛教各宗首领出入宫廷，它的外地上层也被赞为"利根事佛，余力通儒。……举君臣父子之义，教尔青襟。……遂使悍戾者好空恶杀，义勇者徇国忘家，禅助至多"（《樊川文集·敦煌郡僧正慧菀除临坛大德制》），已非常符合儒家的要求了。在艺术上，唐代佛教雕塑中，温柔敦厚关心世事的神情笑貌和君君臣臣各有职守的统治秩序，充分表现了宗教与儒家的同化合流。于是，既有执行"大棒"职能、凶猛吓人连筋肉也凸出的天王、力士，也有执行"胡萝卜"职能、异常和蔼可亲的菩萨、观音，最后是那端居中央、雍容大度、无为而无不为的本尊佛像。过去、现在、未来诸佛的巨大无边，也不再表现为以前北魏时期那种千篇一律而同语反复的无数小千佛，它聪明地表现为由少数几个形象有机组合的整体。这当然是思想（包括佛教宗派）和艺术的进一步的变化和发展。这里的佛堂是具体而微的天上的李唐王朝、封建的中华佛国。它的整个艺术从属和服务于这一点。它的雕塑具有这样一种不离人间而又高出于人间，高出人间而又接近人间的典型特征。它既不同于只高出人间的魏，也不同于只不离人间的宋。龙门、敦煌、天龙山的许多唐代雕塑都如此。龙门奉先寺那一组佛像，特别是本尊大佛——以十余米高大的形象，表现如此亲切动人的美丽神情——是中国古代雕塑作品中的"阿波罗"。

卢舍那大佛，龙门石窟奉先寺，唐，河南洛阳

壁画的转变遵循了同样的方向。不但同一题材的人物形象有了变化，例如维摩诘由六朝"清羸示病之容"，变而为健壮的老头，而且题材和主题本身也有了一百八十度的转变。与中国传统思想"以德报德，以直报怨"本不相投的那些印度传来的饲虎、贸鸽、施舍儿女等故事，那些残酷悲惨的场景图画，终于消失；代之而起的是各种"净土变"，即各种幻想出来的"极乐世界"的佛国景象："彼佛土……琉璃为地，金绳界道，城阙宫阁、轩窗罗网皆七宝成。"于是在壁画中，举目便是金楼玉宇，仙山琼阁，满堂丝竹，尽日笙箫；佛坐莲花中央，环绕着圣众；座前乐队，钟鼓齐鸣；座后彩云缭绕，飞天散花；地下是异草奇花，花团锦簇。这里没有流血牺牲，没有山林荒野，没有老虎野鹿。有的是华贵绚烂的色调，圆润流利的线条，丰满柔和的构图，热闹欢乐的氛围。衣襟飘动的舞蹈美替代了动作强烈的运动美，丰满圆润的女使替代了瘦削超脱的士夫，绚烂华丽代替了粗犷狂放。马也由瘦劲而丰肥，飞天也由男而女……整个场景、气氛、旋律、情调，连服饰衣装也完全不同于上一时期了。如果说，北魏的壁画是用对悲惨现实和苦痛牺牲的描述，来求得心灵的喘息和精神的慰安，那么，在隋唐则刚好相反，是以对欢乐和幸福的幻想，来取得心灵的满足和神的恩宠。

　　如果用故事来比故事就更明显。围绕着唐代的"经变"，也有各种"未生怨""十六观"之类的佛经故事。其中，"恶友品"是最常见的一种。故事是说，善友与恶友两太子率同行五百人出外求宝珠。路途艰苦，恶友折回。太子善友历尽艰险求得宝珠，归途中为恶友抢去，并被恶友刺盲双目。善友盲后做弹筝手，流落异国做看园人，异王公主闻他弹筝而相慕恋，不顾父王反对，终于许身给他。婚后善友双目复明，回到祖国，使思念他的父母双目盲而复明，且宽赦恶友，一家团聚，举国欢腾。

　　这个故事与北魏那些悲惨故事相比，趣味和理想相距何等惊人。正是这种中国味的人情世态大团圆，在雕塑、壁画中共同体现了新时期的精神。

艺术趣味和审美理想的转变，并非艺术本身所能决定，决定它们的归根到底仍然是现实生活。朝不保夕、人命如草的历史时期终成过去，相对稳定的和平年代、繁荣昌盛的统一王朝，曾使边疆各地在向佛菩萨祈求的发愿文中，也向往来生"转生中国"。社会向前发展，门阀士族已走向下坡，非身份性的世俗官僚地主日益得势，在经济、政治、军事和社会氛围、心理情绪方面都出现了新的因素和景象。这也渗入了佛教及其艺术之中。

由于下层不像南北朝那样悲惨，上层也能比较安心地沉浸在歌舞升平的世间享受中。社会的具体形势有变化，于是对佛国的想望和宗教的要求便有变化。精神统治不再需要用吓人的残酷苦难，而以表面诱人的天堂幸福生活，更为适宜。于是，在石窟中，雕塑与壁画不是以强烈对比的矛盾（崇高），而是以相互补充的和谐（优美）为特征了。唐代壁画"经变"描绘的并不是现实的世界，而是以皇室宫廷和上层贵族为蓝本的理想画图；雕塑的佛像也不是现实的普通的人为模特儿，而是以享受着生活、体态丰满的上层贵族为标本。跪倒在经变和佛像面前，是钦羡、追求，与北魏本生故事和佛像叫人畏惧而自我舍弃，其心理状态和审美感受是大不一样了。天上与人间不是以彼此对立而是以相互接近为特征。这里奏出的，是一曲幸福存梦想、以引人入胜的幻景颂歌。

| 观无量寿经变，莫高窟第 12 窟，唐，甘肃敦煌

（三）走向世俗

　　除却先秦不论，中国古代社会有三大转折。这转折的起点分别为魏晋、中唐、明中叶。社会转折的变化，也鲜明地表现在整个意识形态上，包括文艺领域和美的理想。

　　开始于中唐社会的主要变化是均田制不再实行，租庸调废止，代之缴纳货币；南北经济交流，贸易发达；科举制度确立；非身份性的世俗地主势力大增，并逐步掌握或参与各级政权。在社会上，中上层广泛追求豪华、欢乐、奢侈、享受。中国封建社会开始走向它的后期。到北宋，这一历史变化完成了。就敦煌壁画说，由中唐开始的这一转折也是很明白的。

　　盛唐壁画中那些身躯高大的菩萨行列在中唐消失，更多是渲染"经变"：人物成为次要，着意描绘的是热闹繁复的场景，它们几乎占据了整个墙壁。到晚唐五代，这一点更为突出："经变"种类增多，神像（人物）却愈发变少。色彩俗艳，由华贵而趋富丽，装饰风味日益浓厚。初盛唐圆润中带遒劲的线条、旋律，到这时变得纤纤秀柔，有时甚至有点草率了。

　　菩萨（神）小了，供养人（人）的形象却愈来愈大，有的身材和盛唐的菩萨差不多，个别的甚至超过。他们一如当时的上层贵族，盛装华服，并各按现实的尊卑长幼，顺序排列。如果说，以前还是人间的神化，那么现在凸出来的已是现实的人间——不过只是人间的上层罢了。很明白，人的现实生活这时显然比那些千篇一律、尽管华贵毕

| 《张议潮统军出行图》（局部），莫高窟第 156 窟，唐，甘肃敦煌

| 《宋国河内郡夫人宋氏出行图》（局部），莫高窟 156 窟，唐，甘肃敦煌

竟单调的"净土变""说法图"和幻想的西方极乐世界，对人们更富有吸引力，更感到有兴味。壁画开始真正走向现实：欢歌在今日，人世即天堂。

试看晚唐五代敦煌壁画中的《张议潮统军出行图》《宋国河内郡夫人宋氏出行图》，它们本是现实生活的写真，却涂绘在供养佛的庙堂石窟里，并且占有那么显赫的位置和面积。

张议潮是晚唐收复河西的英雄。画面上战马成行，旌旗飘扬，号角与鼓乐齐鸣，武士和文官并列，雄壮威武，完全是对当时史实的形象歌颂。《宋国河内郡夫人宋氏出行图》中的马车、杂技、乐舞，也完全是世间生活的描写。在中原，吴道子让位于周昉、张萱，专门的人物画家、山水花鸟画家在陆续出现。在敦煌，世俗场景大规模地侵入了佛国圣地，它实际标志着宗教艺术将彻底让位于世俗的现实艺术。

正是对现实生活的审美兴味的加浓，使壁画中的所谓"生活小景"在这一时期也愈发增多：上层的得医、宴会、阅兵……中下层的行旅、耕作、挤奶、拉纤……虽然其中有些是为了配合佛教经文，许多却纯是与宗教无关的独立场景，它们表现了对真正的现实世俗生活的同一意兴。它的重要历史意义在于：人世的生活战胜了天国的信仰，艺术的形象超过了宗教的教义。

与此同时发生的，是对山水、楼台的描画也多了起来。不再是北魏壁画"人大于山，水不容泛"，即山林纯粹作为宗教题材象征（符号）式的环境背景，山水画开始写实，具有了可独立观赏的意义，

《五台山图》，莫高窟第61窟，五代，甘肃敦煌

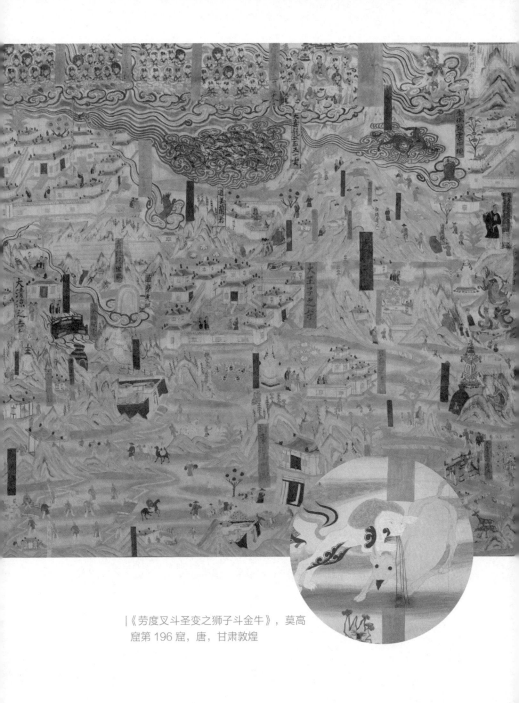

|《劳度叉斗圣变之狮子斗金牛》，莫高窟第 196 窟，唐，甘肃敦煌

宋代洞窟的《五台山图》[1]便是例子。

连壁画故事本身也展现了这一变化。五代"经变"壁画中最流行的《劳度叉斗圣变》，说的是一个斗法故事：劳度叉变作花果盛开的大树，舍利佛唤起旋风吹拔树根；劳度叉化为宝池，舍利佛变作白象把池水吸干；劳度叉先后化作山、龙、牛，舍利佛便化为力士、金翅鸟、狮子王，把前者一一吃掉……如此等等。这与其说是用宗教教义来劝导人，不如说是用世俗的戏剧性来吸引人；这与其看作用说法来令人崇拜，不如看作用说书来令人愉悦。宗教及其虔诚就这样从艺术领域里被逐渐挤了出去。

其他领域也是这样。例如，当时寺院的所谓"俗讲"极为盛行，但许多内容并不是佛经教义，也不是六朝名士的"空""有"思辨，而是地道的世俗生活、民间传说和历史故事。它们甚至与宗教几乎没有多少牵连，纯系为寺院的财政收入以招徕听众，像《汉将王陵变》《季布骂阵文》以及关于伍子胥的小说等等。"聚众谈说，假托经论，所言无非淫秽鄙亵之事。……愚夫冶妇乐闻其说，听者填咽寺舍，瞻礼崇奉，呼为和尚。教坊效其声调以为歌曲。"（赵璘：《因话录》）[2]寺院"俗讲"，实际已是宋人平话和市民文艺的先声了。

禅宗在中唐以来盛行不已，压倒所有其他佛教宗派，则是这种情况在理论上的表现。哲学与艺术恰好并行。本来，从魏晋玄学的有无之辨到南朝佛学的形神之争，佛教以其细致思辨来俘虏门阀贵族这个当时中国文化的代表阶级，使他们愈钻愈深，乐而忘返。哲理的思辨竟在宗教的信仰中找到了丰富的课题，魏晋以来人生悲歌逐渐减少，代之以陶醉在这思辨与信仰相结合的独特意味之中。"释迦如来功济

---

1. 即莫高窟第 61 窟壁画《五台山图》，本窟建造于五代，宋代重修部分壁画。——编者注
2. 参看向达：《唐代俗讲考》。

大千，惠流尘境，等生死者叹其达观，览文义者贵其妙明。"（《魏书·释老志》）也因为这样，在信仰中仍然保持了一定的理性思辨，中国永远没有产生像印度教的梵天、湿婆之类极端神秘恐怖的观念和信仰。印度传来的反理性的迷狂故事，在现实生活稍有改变后就退出历史和艺术舞台。更进一步，在理论上终于出现了要求信仰与生活完全统一起来的禅宗：不要那一切烦琐宗教教义和仪式；不必出家，也可成佛；不必那样自我牺牲、苦修苦练，也可成佛。并且，成佛也就是不成佛，在日常生活中保持或具有一种超脱的心灵境界，也就是成佛。从"顿悟成佛"到"呵佛骂祖"，从"人皆有佛性"到"山还是山，水还是水"，重要的不只是"从凡入圣"，而更是"从圣入凡"，同平常人、日常生活表面完全一样，只是精神境界不同而已。担水砍柴，莫非妙道，"语默动静、一切声色、尽是佛事"（《古尊宿语录》卷三）。这样，结论自然就是，并不需要一种什么特殊对象的宗教信仰和特殊形体的偶像崇拜。正如宗教艺术将为世俗艺术所替代，宗教哲学包括禅宗也将为世俗哲学的宋儒所替代。宗教迷狂在中国逐渐走向衰落。"南朝四百八十寺，多少楼台烟雨中。"这一切，当然又是以中国社会由中古进入近古（封建后期）的经济基础和社会关系的重要变动为现实基础的。

所以，走进完成了这一社会转折的敦煌宋代石窟，便感到那已是失去一切的宗教艺术：尽管洞窟极大，但精神全无。壁画上的菩萨行列尽管多而且大，但毫无生气，简直像影子或剪纸般地贴在墙上，图式化概念化极为明显。甚至连似乎是纯粹形式美的图案也如此：北魏图案的活跃跳动，唐代图案的自由舒展全没有了，有的只是规范化了的呆板回文，整个洞窟给人以一派清凉、贫乏、无力、呆滞的感受。只有近于写实的山水楼台（如《五台山图》）还略有可看，但那已不是宗教艺术了。在这种洞窟里，令人想起的是说理的宋诗和宋代的理学：既失去迷狂的宗教激情，又不做纯粹的名理思辨，重视的只是学问议论和伦常规范。艺术与哲学竟是这样近似。

玉印观音，大足石刻，宋，重庆